大活字本シリーズ

年齢は捨てなさい

下重暁子

埼玉福祉会

年齢は捨てなさい

装幀　巖谷純介

まえがき

長野に住む友人から、朝は零度になるのにもう燕《つばめ》が渡って来たとメールが届きました。電線に止まって歌っている二羽は、つがいです。自然に逆らわずのびのびと、時が来ればやってくる。彼らは自分の年齢など気にしていません。もともと知らないのですから。でも季節を間違えることはありません。

夕暮れ時、烏《からす》やムクドリが群れをなして樹々の梢《こずえ》をかすめてねぐらに帰ります。彼らにも年はありません。暁と共に起き、夕暮れを過ぎると眠りに落ちます。

そういう暮らしがなんとも羨ましい。私たちは、いつも何かに管理され、自由にのびのびと羽ばたくことを忘れている。枠があるわけではないのに、自分で自分をしばっている。そんな自分を解放してやりたいと、私はずっと思っていました。

せめて、自分の中で年齢だけでも捨てることが出来たら……。


イチロー選手が引退しました。記者会見で語られたのは、イチローさん自身の生き方。丁寧に一つずつ考えながら答えていました。この後もゆっくりすることなく、一歩ずつ自分の道を歩んでいくと明言。成功するかしないかではなく、好きなことに向かっていく大切さを強調していました。

自分なりの頑張りを重ねることでしか、後悔を生まない生き方は出来ないのではないか。10年200本（安打）を続けてきたこととか、MVPをとったとか、オールスターでどうたらとかは小さなことに過ぎないと思います、という言葉に説得力がありました。

イチローさんは、その引退会見の席ではなく、現在WBC日本代表監督を務める稲葉篤紀さんのインタビューに答える形で、かってこう話していました。

「いくつまでとか、年齢だけでくくられるのは、うっとうしいじゃないですか」

そう、イチローという野球を愛する人間にとって、年齢など関係ないのです。

これからも人生は淡々と続いていく。そのことにこそ、意味があるのです。そう話すイチローさんの目は、優しげで涼やかでした。

「年齢を捨てる」とは、誰にでも出来ることではないけれど、誰にでも出来ることかもしれないとも思うのです。

二〇一九年三月

下重暁子

年齢は捨てなさい／目次

第一章　年齢という魔物

なぜ人は年齢を知りたがるのか

なぜ私達は、すぐ他人の年齢を知りたがるのでしょうか。

かくいう私も、誰かの話をしている時、聞いてしまいがちです。

「その方、おいくつ？」

いったい何がわかるのでしょうか。

何を考えている人か、どういう感性の持主か何もわからないのに、

無意識に年齢を聞いているのです。

聞かれた方も、したり顔で教えてくれるか、あるいはすぐスマホで

調べて返事をする。そのことにどんな意味があるのでしょうか。

年齢を聞いて安心することがあるかというと、自分なりのくりの

中にその人を入れ、型にはめることでほっとしているだけなのです。人を判断するのに必要な外的情報、その最たるものが年齢といえます。だから、まず年齢を知ろうとする。

自分に近い年齢だと、親近感を覚えたり同年代としての感情を持ったり。

確かに一理あります。私は１９３６年（昭和11年）の５月29日生まれ。日本の生んだ天才歌手・美空ひばりさんは、１９３７年（昭和12年）の５月29日生まれといわれています。

厳しい戦後を生き抜き、昭和の歌謡界を担った美空ひばりさんは、特別な歌手というイメージが私にはありますし、カラオケでも私のレパートリーは、「悲しい酒」をはじめとする美空ひばりさんの演歌。

中学時代のクラス会でひばりさんの歌を歌いすぎて、1週間全く声が出なくなったこともあります。

私にとってひばりさんが特別な歌手というのには、誕生日が同じだという要素が含まれていることは否めません。

でもよく考えてみると、生年月日というのは、戸籍に記載されているだけで、その日に生まれたということは本人に自覚は全くないのです。

自分の生まれた瞬間のことは、赤子である本人にはわかりません。作家の三島由紀夫はかつて『仮面の告白』の中で、自分の生まれた時を憶えていると書いていますが、私にはその記憶がありません。つまり、私にとって自覚のない生年月日とは真実のものかどうかわからず、親がそう教えてくれたことを信じているだけなのです。

実際、子供が年末に生まれた時に親が翌年の1月1日にして届け出たり、親や周りの都合で生年月日が変えられることは、ままあります。

自分の生年月日は、単に戸籍に記載されているものを信じている、あるいは無理やり信じ込まされているだけではないでしょうか。

自分で確かめることも出来ない自分の年齢という情報に、重きを置くことの無意味さがわかります。

年齢を聞くことは品のない行為

それなのに、年齢を気にすることの意味のなさ、つまらなさに気がつかずに、「私はいくつ」「あなたはいくつ」ということにこだわっている。

人間を規定するものはいくつかありますが、年齢でわかるものは個としての中身ではなく、あくまでもうわべに過ぎません。そんなものにしばられているのは、実にくだらない。自分の年齢は、他人のものではなく自分のものであり、自分が好きに決めればいいのではないでしょうか。

くり返しますが、他から決められた年齢を、ほんとうの自分の年齢だと信じていいのでしょうか。私は出来れば、それを拒否して自分で決めた年齢で生きていきたいと思います。

特に齢《よわい》を重ねてから、その感覚が強くなりました。

「後期高齢者」——私の保険証には、でかでかと書かれています。それを見るたびに不愉快になります。

そんな区切り方をして、私を型にはめないでほしい。そんなことをしなくても、私は車を暴走させたり、他人に迷惑をかけたりすることはありません。

私は下重暁子という人間として自分で齢を重ねていきますから、どうぞ御心配なく。

といっても世間では通用しないのは承知しています。私は、82歳という年齢によって、しばられていると思うと悲しくなります。

私という人間の中身は、年齢というものの前では、何の評価にも値しないのでしょうか。

私達がつい人の年齢に興味を持ち、聞いてしまうことは、人間の立ち位置を確認する行為であり、その人を年齢という外的条件で決めつけている、品のない行為だということを自覚すべきだと思うのです。

「わたしを束ねないで」

「わたしを束ねないで」という新川和江さんの詩があります。

わたしを束ねないで
あらせいとうの花のように
白い葱のように
束ねないでください　わたしは稲穂
秋　大地が胸を焦がす

見渡すかぎりの金色《こんじき》の稲穂
（中略）
わたしを名付けないで
娘という名　妻という名
重々しい母という名でしつらえた座に
座りきりにさせないでください　わたしは風
リンゴの木と
泉のありかを知っている風
（後略）

ここには痛いほどの自由への思いが込められています。

茨木のり子さん、石垣りんさん、新川和江さんの詩に描かれているのは、女の生きる姿勢であり、常識を押しつけてくる世間への叛逆《はんぎゃく》であり、批判です。

日本という国は、お上が強く、お上が支配し、従順な国民は、声を荒らげることはあまりありません。

何もいわないでいるうちに、私達は沢山束ねられてきました。年齢別、職業別、世帯人数別などなど国が管理しやすいように、様々に社会が組み換えられてきました。

それが国民のためというのでしょうが、私達はそれによって束ねられ、しばられ、窮屈《きゅうくつ》な思いをしながら生きています。「後期高齢者」という名称に違和感を覚えていた人々も、いつしか馴らされて何もいわなくなりました。

いい感情を持っている人など、いないはずです。その年に達した人は、年齢でくくられることに諦めを持つだけです。

しかし、人生100年時代、後期高齢者が増え、しかも元気で仕事もバリバリしている今の時代に、社会の仕組みを変えないわけにはいかないでしょう。

年齢で束ねたりくくったり出来ない現実が、すでに到来しているのです。常に現実が先を行くことは、ここ数年、私が著書の中で「家族」や「孤独」の問題を取り上げた時に、つくづく思い知らされました。私の書くものや国の政策は、いつも後手後手で、現実を追いかけているだけなのです。

年齢について考える時、そのくくりをなくすことが急務であるのは、いうまでもありません。そのため私達一人ひとりが年齢から解放され、自分の年齢や他人の年齢を気にしないことから始めるしかないのです。

「還暦祝い」が嬉しい人はいるのか

今から20年余り前のことです。私の住むマンションに、民生委員という女性が訪れました。ピンポン！　の音に扉を開けてみると、見知らぬ女性が立っており、私に1万円の入った袋を黙ってさし出すのです。

「何ですか？　これ」

「区からのお祝いです」

「何のお祝い？」

といって、やっと気がつきました。

頃は9月半ば、マンションの庭の金木犀《きんもくせい》が香り始めていました。としよりの日？　いえいえ。老人の日？　いえいえ。正しくは敬老の日というのだそうです。しばらく考えて、いただくのをやめて区に寄附《きふ》することにしました。

私はなんとか自分で仕事をして生きていけるので、必要とする人に使っていただけるように、という気持ちでした。

その女性は、憮然《ぶぜん》とした面持《おもも》ちで立ち去りました。どんなにか喜んでくれるだろうと思っていたのでしょう。私は還暦になった途端、突然老人扱いされたことに、どうしても納得出来ませんでした。

つい最近のことです。健康保険証を紛失して、区役所に電話をしました。まず聞かれたのが年齢です。仕方なく「82歳」と答えました。すると係の女性が「ちょっとお待ちください、担当の者に代わりますから」

80歳以上だか75歳以下だかで担当が違うようです。新しい保険証を受け取るには、区役所へ行く方法と、郵送されてきた書類に必要事項を書き込んで送り返す方法と2通り。

体の不自由な人のためのサービスなのでしょうが、違和感もありました。送られてきた書類には名前と生年月日、もう一つマイナンバーを記入する欄があります。

私は、マイナンバーカードは一応もらってはいますが、番号をつけられたり呼ばれたりすることが好きではありませんので、その旨電話で伝えると、マイナンバーを書き込まずとも無事、保険証が送られてきました。

私達は、個人として、自分らしく生きる権利を憲法でも保障されています。数字なんかで管理されたくはない。出来る限り記号で管理されたり束ねられたりせずに、個人としてのびのび生きていこうじゃありませんか。

年齢詐称の何が悪い？

子供の頃、母からいわれました。

「みだりに人の年を聞いてはいけませんよ。人それぞれ、様々な事情を抱えているのですから」

その意味がよくわかりませんでした。様々な事情とは何か、自分の年齢は決まっているもので、事情に左右されるはずはないと単純に考えていましたから。

年を重ねるにつれて、少しずつ理解出来るようになりました。

私自身、国民学校初等科2年と3年の頃は結核による自宅療養で学校に行けず、当然学校にもどった時に、2年遅れるものと思っていました。人から遅れることがちょっと恥ずかしくて、年をごまかしたいと思う気持ちが初めてわかりました。

私が初等科3年の時、太平洋戦争が終わり、その前後は、子供達は学童疎開や縁故疎開で誰もまともに学校に通えなかったので、先生からそのまま上に進んでいいといわれ、問題は解決したのでしたが。人には様々な事情がある。その一端を味わうことが出来ました。

最近はネットや週刊誌で細かな情報があばかれ、年齢詐称《さしょう》などが批判の的になりますが、その人なりの事情があったのなら、何も実年齢である必要などないではありませんか。

事実かどうかわからないのに、戸籍に記載された年齢でしばられたり、他人から非難されたりするいわれはないはずです。

年齢詐称？　いいではありませんか。本人がそう思い込みたいのなら、他人に迷惑がかからぬ限り、お互い寛容であるべきです。それを無理やりあばき出したり嘘つき呼ばわりすることは控える方が賢明です。

やたらに他人の年齢を聞きたがる人は、自分と比較したいだけなのです。自分の方が若いだの、年齢は同じだけど自分の方が若く見えるだの、くだらない優越感に浸りたいだけかもしれません。

他人の年齢を気にする人は、年齢でしか人を判断出来ず、人の中身に興味を持つことが出来ないのです。上辺だけで人を判断する。もし嘘をついたら徹底的にやっつける。ネット上の多数の意見が常に正しいとでも思っているのでしょうか。少数派の人こそが本音をいっている場合が多いことを知らないのでしょう。

他人の年齢を気にして聞きたがる人は、品性下劣であり、実はその人が自分の年齢を一番気にしていることの証拠でもあります。

自分や他人の年齢を、なぜそんなに気にするのでしょうか。実年齢は、いくら拒否しても一年一年積み重なっていくもので、生きるということは、それを引き受けることでもあるのです。

その上で自分はどうありたいか。いつまでも少女のようでありたいのか。品よく年を重ねた老婦人のようになりたいのか。自分の理想とする姿を色々と考えてみるのも一興《いっきょう》です。それを自分の年齢だと思えばいいのです。

年齢には、役所に届けられた外的年齢と、自分で作り上げた内的年齢の二つがあることに気付いてほしいと思います。

エントリーシートに年齢欄はいらない

若いとはどういうことか。サミュエル・ウルマンの詩を持ち出すまでもなく、精神的な若さのことをいうはずですし、ただ年齢が若い人のことをいうのではないのは当然です。

みんながそう考えたいと思っているにもかかわらず、現実は相変わらずのようです。

各企業の募集を見ていますと、圧倒的に新卒の採用が多く、有利です。それは昔も今も変わりません。経験を積んだ転職者の中途採用については最近CMなどでも見るようにはなりましたが、やはり圧倒的に新卒が有利です。

色に染まっていない新人を、自分の会社のカラーに徐々に染めていく楽しみはあるでしょうが、年齢に関係なく採用した方が、様々な個性が入ってきて面白いはずです。

新規学卒者が入りたい企業に応募する時は、必ずエントリーシートなるものを書かされます。就職活動をしている学生はまだ社会経験もなく、大変な思いをして書いているでしょう。

私のつれあいは大学の教授だった時期があり、ゼミの学生達のエントリーシートを見るたびに溜息をついていました。ジャーナリズムを教えていたのですが、マスコミを志望する学生が多く、難なく受かる子もいれば、何度書いても入れない子もいたからです。

エントリーシートを書いているうちに1年が過ぎ、無理に大学院に行って新卒にしてみせたり。浪人の期間が長いと、なかなか就職の機会は訪れません。

就職浪人の1年間で、世界の国々を貧乏旅行でまわった経験が買われ、NHKと朝日新聞の両方に受かった男子学生もいるのですが、女子学生の場合は、やっぱり新卒優先のことが多いようです。

経験よりもまず年齢というのは、明らかに差別といえるでしょう。

男性のエントリーシートの場合は内容も加味されますが、女性の場合「まっ先に目がいくのは年齢の欄」というのは、私の友人で、長らくテレビ界で人事を担当していた人物の告白でした。

人手不足で、とてもそんな悠長なことをいってはいられない今の時代こそ、好機です。ぜひともエントリーシートから年齢の欄を取り去ってほしいと私は思います。

80を過ぎても働きたい人はいる！

中年にさしかかった女性の再就職は、相変わらず難しい。女性の再就職が叫ばれて久しいのですが、出産、子育ての段階で一度仕事をやめてしまうと、その後、なかなか職を得られません。その人にいくら実力があっても、応募の時点で切られてしまうことが圧倒的に多いのです。

しかし、社会は大きく変わろうとしています。高齢人口はどんどん増え、しかも元気で100歳などザラ。その人達の知恵と経験を生かさぬ手はないでしょう。

例えば82歳の私が今、就職をしようと履歴書を出して受け取ってくれるところがあるでしょうか。

面接に私が現れたら珍しいものでも見るように哀れみの表情を浮かべ、「ご家族は？」だの、「御主人や一緒に暮らす人は？」などとしつこく聞かれ、世帯収入や年齢その他、詳しく突っ込まれるのは間違いありません。

82歳で働きたいということが、そんなに変でしょうか。私はたまたま物書きをして仕事に追われていますが、出来れば最後まで仕事をしていたい、どこかで必要とされていたいと思っています。

私は、子供の頃の結核に始まり、長い間、偏頭痛をはじめ様々な病気に悩まされてきました。今が一番、「健康でやる気がある」と断言出来ます。

偏頭痛も年齢と共になくなり、仕事をしていればいつも元気です。

高齢者から仕事を奪うことは、早く死ねといっているようなものです。

社会で必要とされ、生き生きと自己実現をして生きられることこそ幸せであり、何もせずに施設に入れられたり、おじいちゃん、おばあちゃんなどといわれながら孫の面倒を見ることがほんとうに嬉しいのでしょうか。

私はいやです。死ぬまでひまもなく、自分らしい人生を送ることだけが望みです。

そんなことといっても体がいうことを聞かない？　骨折すれば固定す

ればいいし、治らなければ、車椅子でも出来る仕事を見つけて働くことは可能なはずです。実際に私は、骨折しても車椅子で移動をして一日も休まずに仕事をこなしてきました。

誰にとっても、死が訪れるまでの貴重な時間、とてもひまなどないはずです。

「もう年だから」というたびに醜くなる

いつも、自分は今年いくつで、来年はまた年を重ねるなどと気にしている人は、年齢に引っ張られて生きているといっても過言ではありません。

気にしようがしまいが時間の経過に伴って年は取るわけで、わざわざ気にする必要などないのです。

口癖のように「もう年だから……」という人がいますが、そのセリフは人生を諦めていることを表しています。

「もう年だから……」。その後に続くのは多分「仕方がない」「何かを始めるにはもう遅い」、あるいは「何もしたくない」といった否定的な言葉。

そんなセリフを口癖のようにいう人が、美しく魅力的であるはずがありません。

自分で自分を諦めるくらい、ばかばかしいことはないでしょう。

私はいつも「期待は自分にすべきもの」といっていますが、自分を諦めた人は、自分で自分の可能性の芽を摘んでしまっているのです。

そんな人に、奇跡のような素敵な人生が舞い込んできたり運が開けたりすることは、まずありません。

自分を信じて自分に期待している人には、いつか必ず何かが起こります。なぜならその人は、気付かぬうちに少しずつ努力をしており、その結果が積み重なって、ある時、花開くからです。

「もう年だから……」を言い訳のように使っている人は、それを口にするたびに、醜くなっていることは間違いありません。

ためしに鏡を手に「もう年だから……」といってみてください。実年齢がいくつであろうと、10歳は老け込んで見えるはずです。「もう年だから」というたびに、鏡の中のあなたが復讐してくることは確実。ますます落ち込んで、限りないどん底に落ちていくだけです。

誰も手を差し伸べてなどくれません。自分で掘った穴からは自分で這い上がるしかないと覚悟して、二度と「年だから」とはいわないことです。

90過ぎないと「老い」はわからない

「年だから」の年とは、いくつのことなのか、しっかりと答えることが出来るでしょうか。いつから自分は「年だから」といい始めたか、思い出してみてください。50歳？　60歳？　70歳？　そうだとしたら、現在82歳の私はいったいどうなるのでしょうか。

よく人の一生を上り坂と下り坂に喩《たと》えますが、人生100年とすれば、50〜60歳の人はちょうど真ん中。私などは間違いなく下り坂にあるといえるでしょう。

私は下るにしたがって、年々若くなっていくと考えたいと思います。なんとおめでたい？　そう私はおめでたいからこそ、こうして元気に生きていられるのです。

ある出版社で「老い」について書いてくれといわれたことがあります。私は「いやだ」と答えました。私は自分で老いを感じないから書けないと答えると、その出版社の親しい女性社長は、こういいました。

「一度、老いを書いておいた方がいいわよ。それを通り越したら、また違う境地になるから」

私は、はかない抵抗をやめて、『老いの戒め』（海竜社）など、タイトルに「老い」とつく本を2冊書いた後、すっきりとした気分になりました。

もう「老い」については書かなくていい。そう思った私は、年齢を気にすることなく、好きなことを自由に書けるようになったのです。

件《くだん》の女性社長が、最近私にこういいました。

「もはや、あなたに老いなんか書かせられない。90過ぎて100近くにならなきゃ、とても無理よ」

時代は大きく変わったのです。

健康の秘訣は「未病」の管理

私は病院に最低限しか行きません。なぜかというと、病院やクリニックでは、薬や診察を待つ間、高齢者が顔つき合わせて喋っています。

話題はほとんどが病気。情報交換としては役に立つかもしれませんが、他に話題はないのでしょうか。「同病相憐《どうびょうあいあわ》れむ」といいますが、私は、こういった会話が苦手です。お互いの話を聞くうち、2倍になってわが身に降りかかってくる気がするからです。

齢を重ねているからこそ、知恵を働かせてそのような会話には加わらず、自分の好きなもの、興味の持てるもの、しなければならないことに夢中になるべきです。

年を取ることで持ち時間が少なくなっていくのは厳然たる事実ですから、あり余るひまなどないはずです。

去年出した『極上の孤独』(幻冬舎新書)でも書きましたが、年を重ねるほど、私は一人で過ごす満ち足りた時間に欲張りになりました。

一人で本を読む、音楽を聞く、仕事をする。私にとって、愚痴や文句をいうひまはありません。まして同病相憐れむことは、負担になるだけです。

だから私は多少具合が悪いくらいでは、病院やクリニックには近寄らないようにしています。

無理やり病気に仕立てられ、自分で管理出来ないほどの沢山の薬を飲むことなど出来るだけ避けて通りたいし、まして病人同士の傷のなめ合いをする時間は作らないようにしています。

そのかわり、いつも自分の体に耳をすまし、病気にならないよう、体の手入れは怠りません。

何をしているのかというと、月に2回信頼出来る中国人女医さんのもとで鍼やお灸など。ジムにも週1回か2回通ってストレッチやマッサージで、疲れは溜まる前に取り、精神安定剤の力を借りてでも、とにかくよく眠るようにしています。未病を意識し、病気にならぬよう気をつけているのです。

若い時から持病だった偏頭痛も軽い降圧剤を飲むことで治ってしまい、胃下垂もいつしか治って、カレーやコーヒーなど刺激のあるものも楽しめるようになり、苦手だった赤ワインさえ飲めるようになりました。

48歳から60歳までやっていたクラシックバレエのおかげで体は柔らかく、開脚して上半身を床につけることも平気です。

今が一番健康かもしれません。睡眠時間だけは十分取って、一日2

食、きちんと摂ります。

いつまで生きるかわかりませんが、この間亡くなった樹木希林さんがいうように、「一切なりゆき」。友人だった立川談志さんも同じことをいっていました。

「人生、成り行き」

やることだけをやって、後は「なりゆき」に任せたいと思っています。

なぜ新聞は年齢を書くのか

毎朝、新聞を開くのが楽しみです。私達の年代にとって、それは身についた習慣と呼べるものです。

「新聞のない日は気の抜けたサイダーのようなもの」という陳腐な表現がぴったり。新聞が休みだと、朝からなんとなく落ち着かなくて忘れ物をしたような気持ちになります。

わが家では2紙を取っていますが、新聞社間で協定があるらしく、なぜか2紙とも同じ日が休みです。

私の日課でいえば、朝10時か11時頃起床。果物と紅茶程度の軽いものを摂り、その後新聞2紙を1時間近くかけて読みます。つれあいは朝が比較的早いので、まず目が覚めると新聞を寝床でゆっくり読む。それが至福の楽しみといいます。

廊下でつながった隣同士の部屋なので、それぞれがそれぞれの時間を過ごしています。つれあいは新聞を読み終わると一人で朝食を摂るので、二人暮らしとはいえ、朝から別行動です。

しかし二人にとって、新聞がなくてはならぬものであるのは同じです。

新聞で最初にどこを見るか。最近になって私は、社会面の下の隅に出ている訃報欄に目がいくようになりました。

つれあいはもともとテレビ局の報道局勤務だったので、まっ先に訃報欄を見ていたようですが。

私が見るようになったのはごくごく最近のことです。それだけ友人知人が亡くなることが増えたせいでしょう。

男女を問わず、友人知人のほとんどが仕事をしてきているので、たいていは名前が載っています。名前の後に年齢や職業などが書かれ、次に死因が載っています。

「まだ若かったのに……」「そうか、もうそんな年齢だったのか」などなど様々な感想を持ちます。従って訃報欄に年齢は必要でしょう。

でも不可欠かといえば、そうでもありません。

年齢不詳の人は、不詳のまま永遠の謎になっても、それはそれでいい。その人の生き方を表しているのですから。

ところが世間は、それでは収まらないらしいのです。有名人であればあるほど、噂の種として何歳で亡くなったかが大きな関心事であるのです。

新聞やテレビなどマスコミは報道機関の務めとして、読者や視聴者の要望にお応えしなければいけないのかもしれません。訃報欄の年齢については理解出来なくはありません。

しかし、しかしです。生きている人の年齢を正確に伝える必要はあるのでしょうか。私も仕事柄、新聞に名前が載ることはよくあるのですが、必ず名前の下にカッコ付きで年齢が書き込まれています。これには少なからず抵抗を感じます。

若い時は若いなりに、年を重ねた今はそれなりに疑問を覚えるのです。

紙面に登場する人の年齢を書くことが、読者サービスになるのでしょうか。それとも新聞社には年齢を必ず入れるという規約でもあるのでしょうか。

いつもそう思いながら、私は一度も文句をいったことがありません。

なぜなら年齢を入れないでくれということが、あたかも私が年齢を気にしているように取られては心外だからです。

現在82歳という私の年齢は恥ずべきことでもなく、隠しておく必要もありません。だからといって、わざわざカッコ付きで申し上げることでもありません。

年を取るにつれ、皺《しわ》が増えたり体が少し不便になったとしても、私がそれらを引き受ければいいことであり、自慢することでも、他人様《ひとさま》から非難されたり、ほめそやされることでもありません。

『九十歳。何がめでたい』（小学館）という佐藤愛子さんの大ベストセラーがありますが、90歳だからといって驚くことでもなければ、他人様から喜ばれることでもない。淡々と、時にはっきりと世間に物申す愛子先生の姿勢は少しも変わっていない。たまに一緒に食事をすることがありますが、相変わらず花が開くような愛子先生の笑顔に魅せられます。

年齢など他人様からいわれなくとも勝手に取っていくものですから、ほうっておいてほしいというのが私の本音です。自分自身の年齢を忘れることだって、いくらでもあるのですから。

そして年齢をカッコ付きで書く新聞記者諸君。あなた達が記事にされる側になった時、年齢を書かれることが嬉しいと思う人は少ないはずです。自分がされていやなことは、人にもしないことが、大人というものではないでしょうか。

岸惠子さんという生き方

紙面に年齢が載ることについて、俳優さん達の場合はイメージに関わることですから、はっきりと掲載不可という方もいます。欧米では年齢が紙面に載ることは滅多にないので、外国暮らしが長かったり、外国で仕事をすることが多い人達にとって違和感があるのは当然のことでしょう。

俳優さん達にとって大切なのは、年齢などの外側の情報ではなく、演技力などその人の内側、つまり内面だからです。

特に女優さんの場合、年齢を載せることは失礼になる場合もあるでしょう。本人だっていい気持ちはしないでしょうし、様々な役柄をこなすためには年齢を自分の中から消す必要があるからです。

例えば岸惠子さん。松竹の映画女優として活躍した後、フランスの監督、イヴ・シャンピさんと結婚してフランスに渡り、女優としてだけでなく、ドキュメント番組に出たり、小説も書くなど幅広く活躍しています。

今は疎遠になりましたが、一時期仲良くさせていただいていました。まだお嬢さんのデルフィーヌ＝麻衣子さんが小さくて、離婚後だったと思いますが、帰国中に何がきっかけだったか何度か会うことがあり、軽井沢の湖で催されていた夏の花火を御一緒したこともありました。

横浜のお宅へも誘っていただきましたが、私の妙な人見知りのため御迷惑をかけてはと伺いませんでした。今考えると、とても残念なことをしました。

ついこの間、地下鉄の銀座駅で、岸さんらしき人を見かけ、声をかけようとしましたが、果たせませんでした。今も品のよさを漂わせていて、雰囲気は昔と全く変わっていません。岸さんにとって、年齢はあってなきがごとしなのでしょう。

彼女の場合は、紙面に年齢が載っていることはほとんどないと思います。そんなものなど関係がないからです。

年齢など他人に決められたくはない。自分を持っている人は、みなそう思っているに違いありません。ましてや、マスコミ大手の新聞という公器に決めつけられる筋合いなど微塵《みじん》もない。私を含め、そのように感じている人は少なくないはずです。

日本の「年齢重視」は世界でも珍しい

先日、歌手の八神純子さんがテレビに出ていました。日本でヒット曲を飛ばした後、結婚してアメリカに住むなど、しばらくブランクがありましたが、日本でも活動の数を増やしています。

実力派で私も好きな歌手であり、今も声は全く衰えず、円熟味が感じられます。

その彼女が、年齢を書かれることの不自然さを指摘していました。アメリカでは年齢を聞かれることなく活動出来たのに、日本ではまず年齢から入ることについての疑問です。当然のことでしょう。

彼女は歌手なのです。歌で勝負すればいいことではないでしょうか。

要は欧米では演技や歌などの実力が求められ、日本ではまず世間話の種になる情報が必要だということでしょうか。

日本もそろそろ大人の国になるべきです。若者やお子ちゃまばかりがもてはやされ、大人の行く店や街がどんどん減っています。大人の文化のある国こそ、その国民が円熟した実力を持つのだと思うのですが、芸能界でも若いことがまず売れる条件とはなんと情けない。

現在は高齢者がどんどん増え、更に多くなる傾向にあります。高齢者が年齢などに関係なく、のびのびと活躍出来る環境が必要なのです。

高齢者は部屋すら一人で借りられない

普段の生活の中で、いやでも年齢を気にさせられることがあります。

毎日を楽しく自分らしく生きて、年などすっかり忘れて過ごしているのに、水を差される出来事が突然起きるのです。

私の仕事は物書きなので、家で仕事をすることが多いのですが、一人で暮らしているわけではないので、仕事部屋にこもっていても、人を全く気にしないでいいわけではありません。つれあいがいる時は、その気配が気になります。

仕事の打ち合せや連絡事項なども多いので、私しか知らない、誰も入れない秘密基地を作ることにしました。いわば完全に私一人の仕事部屋です。子供達が屋根裏や庭の片隅を秘密基地として秘《ひそ》かに楽しむのと同じです。

中学生になった、私の可愛がっている少女がいます。動物が大好きで猫をはじめ、亀や蛙も飼っていて、昆虫類も大好きな「虫めづる姫君」なのです。

彼女は昔、大島渚監督に紹介されて以来ずっと通っている美容室の孫娘なのですが、いつも「暁子ちゃん」と私のことを呼んで友達扱いしてくれます。

そして他の人の目を盗んでは私の手を引っ張り、「早く早く」といいながら、地下室にある秘密の場所に案内してくれるのです。そこには、クワガタや蝉など様々な虫がビンの中で飼われており、それらの宝物を私にだけ見せてくれます。その時の目の輝きや妖精のような仕草を、私はこよなく愛しています。

そんなこともあって、私も以前から秘密基地に憧れていました。私しか知らない、つれあいや友人知人にも教えない空間。いつか作ってやると思っていたら、意外に早くチャンスはやってきました。

私は他人がそばにいても、テレビがついていても、あまり気にならずに原稿に集中出来る方なのですが、困るのは電話とピンポンと鳴らす宅配便です。出なければいいと思うかもしれませんが、つい気になって出てしまい、そこで思考が途切れてしまいます。

やっと仕事に興が乗ってきた頃に、電話やピンポンに襲われ、つい出る破目になるのがいやで、私も待望の秘密基地を作ることにしました。部屋を借りることにしたのです。

わが家からスッピンで歩いていける場所、ワンルームでいいから緑のある気持ちのいい場所を求めて、私は初めて近くの不動産屋さんの入口をくぐりました。

キビキビした若者の後ろにいた主人が応対してくれました。条件を聞き、2カ所の部屋を案内してくれました。

いざ行ってみると、値段のせいなのか、ちょっと古くて暗い。私は気分よく秘密基地に逃げ込みたいと思っているので引き続き探してほしいと頼んだのですが、その時には難関が待ち受けていることにまだ気付いていませんでした。

知人が、私の家から歩いて20分、車で5分の大きなビルの一部屋を借りていたことを知り訪ねていくと、以前から知っていたマンションでした。ホテル形式で、住まいとしても借りられる所で、彼女はそこで金継ぎの教室を開いていました。

部屋を見せてもらうと、窓の外は公園で、大木に囲まれ広々とした芝生の上で子供達が戯《たわむ》れていて……。あ、こんな所がいいと思っていたら、彼女の紹介してくれた不動産屋さんから同じ階の、もっと小ぶりで眺めのいい部屋が空きそうだという耳よりなニュース。管理も行き届いているから、事務所として使う人も多いとか。

窓からの眺めとフローリングの品のよさに即決したのですが、いざ契約という段になって、思わぬ障害が立ちふさがりました。その部屋の大家さんが、私の年齢を見て危惧の念を抱いたのです。82歳……いつ倒れてもおかしくない、ある日突然部屋で死んでいたら、どうしよう……などなど様々なことが頭をかけめぐったのでしょう。

私は自分のことは全て自分で出来、仕事もしているので経済的にも心配無用なのですが、一般的には82歳の老女だと思われていたのかと感じ、悲しかった……。

その大家さんは私の仕事や経歴を知っていて、ぜひお貸ししたいのだけれど、出来れば事務所名義で借りてもらえないか、というのです。それでは秘密基地の意味がありません。

なんとか交渉がうまくいくようにと、仲を取り持つ不動産屋さんに頼んだのですが、年齢のせいで個人では借りられず、結局事務所名義となり、私の秘かなたくらみの夢は半減したのでした。

高齢者は元気で収入があっても、好きな部屋さえ借りられない――。

年を取ると、簡単に部屋を借りられない現実をつきつけられたのでした。

「年を取ると、思わぬお金がかかる」

日本では持家が奨励された時代がありました。猫も杓子も自分の家を持つために働き、無理な住宅ローンを組み、そのローンを返すために生活を切り詰めて。

しかし、挙げ句の果て、現在では東京をはじめ地方都市に至るまで、空家だらけです。

過疎地の、文化財級の古くて格式のある家も、住む人がいなくなって更地にされていく。上越にある母の実家の２００年続いた家も跡継ぎがなく、ついに壊されました。住宅地としては一等地だった東京・世田谷の家も、父母が亡くなり住む人がいなくなって、ついに売ってしまいました。

私の住む都心のマンションは、バブル寸前に買ったのでそれほど高くはなく、緑に囲まれた住環境と便利さのため、三十数年経っても安くなるどころか値が上がっています。

私達はそのローン（頭金は私が半分、残りを当時テレビマンだったつれあいが月賦で支払い）を払い終えているので、住む家はあります。しかし、自分の家を持たずに借家暮らしをモットーとしている友人もいて、今頃になって高齢者に家を貸してくれない現実にとまどっています。

借りるお金はあるのです。それまでに働いて積み立てた分が十分にあるのですから。

お金があっても、住む場所さえ借りられない現実。そして借りる時、毎回年齢を書き込まなくてはならず、必ず聞かれるそうです。「御家族は？」「お子さんは？」

いざという時、かわりに保証してくれる人を求めているのでしょう。最近は保証人がいなくても、それに代わる会社が出来ていることを今回私も知りました。

空家が増えているのに、住む家がない人がいる。こんな矛盾したことがあるでしょうか。借りられないから買おうとすると、今度はとてつもなく高い。売る時は安く、買う時は高い。

経済評論家の荻原博子さんと対談したことがありました。高齢者になった時、いくらあれば生きていけるのか。１５００万円が基準だという話でしたが、諸般の高齢者の生きる環境の厳しさから見て、とても心配になります。

住む家があれば、それでなんとかなるかもしれませんが、老後を快適に暮らすためには、実際にはもっとかかるのではないでしょうか。

知人の中には、家族に面倒をかけることを考えて、老人ホームに入る人もいます。

しかしホームに入ればそれで終わりではなく、生きている限りお金がかかります。私の知人には一般的に有名人といわれている人もいますが、女性でその人にしか出来ない仕事をしながら、一人暮らしをしている人が多くいます。

その中の一人、1月に亡くなった兼高かおるさんは、有名な旅行ジャーナリスト。「兼高かおる世界の旅」では、まだ海外旅行など思うに任せない時代に世界中を旅していました。この番組を見た人は、彼女の姿や声も相まって、一つひとつのシーンをしっかり憶えているはずです。

斎藤茂太さんに次いで日本旅行作家協会の会長をしていただいていましたが、足腰が弱くなって病気がちでやめたいということで、私が3代目を引き継ぎました。

会合にお見えになった時に、同じ方向なのでホームまでお送りしたことがありました。その時、

「年を取るとね、思わぬお金がかかるのよ。お金は大事に取っておかないとね」

といわれました。

年齢を重ねると、他人にしてもらわなければならないことが増える。ちょっと買物をする、物を運ぶ、そのたびに人手を借りなければならないのでお金が必要だということでした。

確かにその通りです。年齢を勝手に決めつけられたくないとはいえ、年を取ると必要なお金が増えるということは、認めざるを得ないのです。

旅の好きな仲間で、京都の競馬場へ出かけたことがありました。前の晩は祇園のお茶屋「一力亭」に顔のきく人の案内で舞妓さんと話をしたりしていましたが、その時も、次の日の競馬場でも、兼高さんにずっと付き添っている40〜50代の男性がいました。歩く時も手助けするその様子は、傍目《はため》にもとてもカッコよかったのですが、どこへ行くにも他人の手助けが必要という点で、お金がかかるということなのでしょう。

兼高さんは都心にお住まいでしたが、さすがに最後は家の近くの老人ホームと行ったり来たりの暮らしをしていました。

最後まで自宅で、と思っていても、そうはいかない現実を自覚しておくべきなのです。

なぜ高齢者は孤独なのか

シャーロット・ランプリングという女優がいます。日本では映画「さざなみ」や、最近では「ともしび」という作品が公開されましたが、年齢的に重ねてきたものを隠すどころか、それで勝負している演技派女優で、私も大好きです。

「さざなみ」では、結婚45年の祝いを直前にした夫婦に起こった、ある事件をテーマにしています。夫の若い頃の恋人で、結婚を約束していた女性がアルプスで亡くなり、その遺体が45年ぶりに氷づけで見つかった。その時の夫の様子を見るにつけ、すでに夫の心は自分からは離れ、もう一緒には暮らせないと悟った妻は、結婚45周年の記念パーティーが終わったところで一人で生きる決意をするという内容です。

ストーリーもランプリングの演技も、すばらしいものでした。案の定、様々な映画祭の演技賞を独り占めし、そして今回「ともしび」という映画が公開されました。

年齢を重ねた女性の独り立ちというテーマは「さざなみ」と似ているのですが、「ともしび」では、ランプリング扮《ふん》するアンナという女性がスクリーンに出続け、罪を犯して囚われの身となった夫が時々登場する重い映画です。

夫の逮捕をきっかけに、アンナは社会の様々な場面から遮断されていきます。

孫の誕生日に得意のピザを焼いてわざわざ訪れると、孫の父親である自分の息子から、二度と来ないでくれと拒絶されます。体操クラブでは期限切れを告げられ、働いていた上流階級の家の仕事もやめて、若者達に交じって楽しんでいた演技の勉強も空しくなり、老後の生活をただ一人で暮らさなければならなくなることを自覚します。

ごく普通の主婦だったアンナの暮らしは、一つの事件であっという間に崩れ去っていき、残された犬の飼い主を見つけ、彼女は一人、地下鉄への階段を降りてゆきます。

そのシーンが非常に長くて、印象的です。まるで彼女自身の心の奥に降りていくような……。

ハイヒールの音を響かせ、誰もいない階段を地下に向かって降りていくアンナは、何を考えているのでしょう。これからの一人きりの暮らし。それは死への道も含み、彼女は心の中で揺れ動きます。

アンナは70歳前後で、シャーロット・ランプリングの実年齢73歳とほぼ変わらないと思われます。

これから待っている暮らしは、おそらく辛く淋しいものでしょう。

一般的に考えれば幸せとはほど遠い……。

階段を降り切り、アンナはやってきた地下鉄に乗ります。ということは新しい第一歩を踏み出したのです。

つまりアンナは、孤独への覚悟が出来たのです。孤独と淋しさは違います。淋しさは感情です。孤独は一人で生きていく覚悟です。誰にもわずらわされぬ自由を道づれに、アンナは、アンナの道を見つけたのです。その第一歩を暗示するところで映画は終わります。

アンナの心境を示す象徴として、大量の百合の花や浜辺に打上げられた鯨の死骸が登場します。

人物はほとんど登場せず、その時々のアンナの表情や、象徴的な情景によって、物語が進んでいきます。

いや、ストーリーはあるようで、ないのかもしれない。

年を重ねた一人の女が、周りから拒絶され、追いつめられていく様子。

これは特別な話ではありません。誰にでも起こる出来事です。人は一人で生まれて、一人で死んでゆく。

この世で起きるあらゆる事象は、死に向かっていく過程に過ぎません。

それを受け入れていく。それが年を取るということです。

孤独から逃げようとしても、かえって追いつめられていくだけです。

来るものは拒まず、去るものは追わず。いいことも悪いことも、受け入れるしかない。

それが年を重ねるということです。

残酷といえば残酷ですが、一人でいることの自由を存分に満喫出来ると思えば、人生が開けてくる可能性は十分にあると思います。

私は一生のうちで、今が一番自由です。誰に気兼ねすることもなく、のびのびと手足を伸ばして、死に至るまでその時間を愉しむ心境になっているからです。

自ら死を選んだ樹木希林さん

老いも死も、いつかは必ずやってくる。慌てることはありません。

周りから年齢による圧力を受ける必要もなく、何歳だからこう生きなければという、一切の束縛から解き放たれて、悠々と死に向かおうではありませんか。

年齢をごく自然に受け入れて、2018年に亡くなった女優・樹木希林さん。

2017年10月、私は伊豆の修善寺で希林さんと一緒に仕事をしました。日本ペンクラブの主催で「ふるさとと文学2017〜川端康成の伊豆」というテーマで、各地でその土地に縁の深い作家の作品を取り上げる催しの一つでした。

希林さんには、川端康成の短編の朗読をお願いしました。前夜祭から出席され、話をする機会がありました。第一印象は「静けさ」でした。

波も立たぬ水面のように、穏やかで静か。若い頃、久世光彦さんのドラマに出ていた頃の激しさや厳しさは全く感じられませんでした。付人もマネージャーもつけず、一人でいる。そこだけが存在感に満ちていました。

次の日も伊豆の温泉場に泊り、翌日は名古屋での仕事のためにテレビ局のディレクターが迎えに来ました。

穏やかで静かなのに、確かに希林さんがいた。御一緒出来てよかったとつくづく思いました。

彼女には年齢など必要ありません。多分実年齢は、私より少し下のはずですが、樹木希林という存在に年齢など関係ない。年齢などすでに卒業して達感したものを感じました。

「全身ガン」と御本人は笑っていっていましたが、悲愴《ひそうかん》感はどこにもありません。

しばらくして、希林さんの訃報を聞いて驚きました。

その後、ドリアン助川さんに伺ってみました。お知らせがあって密葬にも立会ったと聞いたからです。

ドリアンさんの小説『あん』の映画化にあたり、主役を樹木希林さんが務めた関係で、ドリアンさんと希林さんはずっとおつきあいがありました。

ドリアンさんの話によると、毎年地方まで定期的にガンの治療に行っていた希林さんでしたが、「あん」をはじめ、カンヌ国際映画祭でパルム・ドールを取った是枝裕和監督の「万引き家族」など次々に映画の仕事が入り、治療に行くことが出来なかった。それは、仕事を取るか治療を取るかの選択だったと思います。

定期的に治療に行かなければ、ガンを抑えることが出来ないとわかっていながら、希林さんは最終的に映画を取りました。それは死を覚悟しての選択だったと思われます。

そしてガンは確実に希林さんの体を蝕《むしば》み、その命を奪いました。それも全て希林さんの中では織り込み済みだったと思われます。

運命に逆らうことなく、自分の意志で死を選んだ。私にはそう思えるのです。

希林さんにとって年齢とは何だったのでしょうか。亡くなったのがおいくつだろうと、たまたまその年であっただけで、いくつであっても希林さんは希林さんでしかありません。

彼女は最初文学座に入り、演技の基礎を杉村春子さんなどからたたき込まれています。ふっと力の抜けたような、さり気ない演技の出来る数少ない女優さんでした。

つきあいのあった人に人柄を聞くと、いかにもさりげなく、フラリと現われてフラリと消える。私がかつて属していた渋谷にあった事務所を訪れる時も、いつもそうだったといいます。

もし希林さんに年齢のことを聞いたら、「それなりに……」という答えが返ってくるかもしれません。かつて希林さんがやって大ヒットした富士フイルムのCMのセリフ（美しい人はより美しく、そうでない方はそれなりに）そのままに。

日本で堂々と年齢をいえるのは27歳まで

「アラフォー」だの「アラサー」だのという言葉がはやり出したのは、いつ頃からでしょうか。確か2008年の流行語大賞に「アラフォー」が選ばれていました。そのもとになった、天海祐希さん主演のTBSドラマ「Around40〜注文の多いオンナたち」は、アラフォーである主人公の精神科医をはじめ、同じ年頃の女性達の苦悩や葛藤を描いた内容でした。

男女雇用機会均等法が施行されたのが1986年（昭和61年）で、産休制度や育児休業制度が整備され、仕事と結婚が両立出来、出産後も再び働くことの出来る状況が整いつつあった同法第1世代、自立心の強い女性達が活躍し始めた頃でした。

それにしては、世界経済フォーラムによる男女格差の度合いを示す「ジェンダー・ギャップ指数２０１８」が昨年12月に発表されましたが、日本はなんと１１０位。しかも国会議員や、管理職の女性の数がＧ７の中で最下位とは、歩みが遅すぎるにも程があります。

「アラフォー」は、出産適齢の期限ぎりぎりから逆算した年齢だということは出来るでしょう。結婚適齢期なんてものは今では死語同然で、その人が結婚した時が結婚適齢期といえます。

一方で出産適齢期は、人工的な方法以外では40歳くらいまでということが医学的にいわれています。閉経期前と考えると40前後、その意味で出産適齢期は今のところあるといわざるを得ません。そこに焦点を当てて女の生き方を考えたドラマ「Around40」には先見の明があったということで、大当たりしました。

その影響で40歳に限らず、他の年齢も様々な呼び方がされるようになりました。

30歳前後を表す「アラサー」は、「アラフォー」より以前からファッション業界などでは使われていたといいます。

最近では、「アラフィフ」（50歳前後）や「アラカン」（60歳前後）、さらにごく最近では「アラハン」「アラヒャク」（１００歳前後）という言い方もあるそうです。

さだめし私など、アラハンかアラヒャクというところでしょうか。

そのうち「アラエイ」（80歳前後）や「アラナイ」（90歳前後）という言葉も生まれてきそうです。

年齢をはっきりといわずに漠然と伝える表現は、2005年に生まれた女性誌「GISELe《ジゼル》」を作った主婦の友社が使い始めたのがきっかけといいますから、そこには、はっきりと年齢をいいたくない女性の願望が込められているのでしょう。

正式にいうとaround the age of 30、ほんとうに英語でそういうのかどうかは知りませんが、確かにはっきりと年齢をいってしまうよりは使いやすく、何でも言葉を短縮してしまう日本人にぴったりであることは間違いありません。

そこまでして、ぼかしたいと思わせる年齢とは、いったい何なのでしょう。

20代であることをぼかす表現はないので、堂々と人前でいえる年齢は20代まで、ということも暗示しています。20代なんて、まだまだ子供。しかも28歳以上はアラサーに入りますから、厳密には27歳くらいまで。その年齢までしか堂々といえない日本人はどうかしていると思いませんか？

昔は24歳が結婚適齢期だった

『ゆれる24歳』『二十四歳の心もよう』『ゆれる24歳プラス5　in　N.Y.』――いずれも私が40代から60代の頃に出した本です。『ゆれる24歳』はサイマル出版会から出したもので、ベストセラーになりました。今のように宣伝も広告も派手ではなかったけれど。

当時は24歳が結婚適齢期と信じられていて、22～23歳になると、若い女性達はみなそわそわ落ち着かない様子でした。

その頃、山田太一さんが「想い出づくり。」（TBS系列）というドラマの脚本を書いたのですが、その原案が私の『ゆれる24歳』でした。

私が24歳前後の女性にインタビューをし、ただ話を聞くだけでなく、一緒に食事をしたりお酒を飲んだりと、とことん生活と意見を聞き出そうとして作った本です。

率直に語られる話の中で、私には異様に思えることがありました。

「想い出を作りたい」、彼女達は一様にそういいました。

結婚したら、自由に生きることは出来ない。相手の男性に合わせて出産・育児をしなければならないから、その前に好きなことをしておかなければならない。何をするかというと、恋と旅が主なものでした。

恋と結婚は別物。恋は結婚して時折思い返すことの出来る甘酸っぱい想い出、結婚は生活そのものと割り切らざるを得なかったのでしょう。

また、結婚したら行きたい所に自由に行けないから、特に外国には一人の時に旅しておきたい。彼女達はOLと呼ばれ、みな一応仕事をしていましたが、キャリアアップとはほど遠く、結婚までの腰かけだったと思います。仕事でキャリアを積んでいきたいと考える女性達は、生きづらい思いをせざるを得ませんでした。

私が仕事を始めた1959年（昭和34年）頃は、まだその傾向がありキャリアアップをめざす女性を採ってくれる企業はほぼありませんでした。新聞・テレビなどマスコミの世界でも……。

そんな中、24歳が近づくと女性達はみな老け込んで見えました。一番輝いている時代のはずなのに、彼女達は疲れていました。それはなぜか？

周り、すなわち親や先輩達から、「彼氏はいるの？」「まだ結婚しないの？」といわれ、その重圧に苦しんでいたのです。

「想い出を作りたい」――彼女達の必死の願いでした。さすが山田太一さん、それらの言葉をとらえて脚本を書いたドラマ「想い出づくり。」は大ヒットし、時代を象徴したものとして山田さんの名作の一つに数えられています。

『ゆれる24歳』も版を重ね、講談社から文庫になりました。

続編として『二十四歳の心もよう』が出版され、その後、日本では相変わらず24歳結婚適齢期などとくだらぬ神話にしばられているけれど、はたして外国ではどうなのか、生き馬の目を抜くほど忙しいニューヨークで働く日本人女性達に話を聞いてみたいと思いました。

民放のニューヨーク支局の特派員に人選をお願いし、一人ひとりの仕事とプライベートを聞きました。ゆっくり話すために私が10日間ほど泊っていたパークアベニューにある高校時代の友人のアパートメントに来てもらいました。

そこで聞いた話は、日本の女性と対極をなすものでした。なにしろ仕事が厳しく実力主義で、特にウォール街に勤めている女性などは、勤務中は食事をする時間すらなく、口の中に食物を入れたまま電話でやりとりするという話はいまだに忘れられません。

一方でプライベートではボーイフレンドやパートナーを持ち、結婚するかどうかはともかく同棲していたり、週末は共に過ごしたりと、あまり結婚を意識している様子はありませんでした。

彼女たちに想い出づくりの話をしてみたら、笑い出したり、中には憐れみの表情を浮べる人もいました。

どうしてそんなに年齢を気にするのか、そんなことよりキャリアを積んで魅力的な女性になることをなぜ考えないのかと不思議そうでした。

しかし、よくよく聞いてみると、彼女達も日本にいてはキャリアを積むことも出来ず、転職や昇進の機会すらなく、結局は結婚にしばられて、他人の目を気にして日本で働く女性と同じことをしていたかもしれない。そこから思い切って逃げて正解だったというのです。でも実力がなければ何の保証もない。その意味でも、必死に働いて生きていたのでした。

人の考え方は高齢になっても変わらない

当時私は、あまりに年齢にしばられている日本の女性達が気の毒で仕方ありませんでした。そこで年齢にしばられず、自分の人生を生きてほしいという願いを込めて、一冊の本を出そうとしました。題して「くたばれ！　結婚適齢期」。直接的でわかりやすいタイトルだと思っていたら、出版直前になってクレームがつきました。出版社の社長が「下品だ」というのです。私には納得がいきません。年齢

にしばられた当時の女性達にとって、直に響く言葉だったと思ってい
たからです。
編集者と話し合って、結局、違うタイトルにしましたが、ぼやっと
したタイトルに落ち着いたため、本は売れませんでした。「くたば
れ！　結婚適齢期」の方が、どんなに強く、衝撃的だったことか。
「男たちの育て方」というタイトルをつけた時も、「男に失礼だ」と
いわれ、この時はよほど原稿を引き揚げようかと思ったのですが、担
当の女性編集者の苦労を知っていたのと、彼女のその後はどうなるか
と案じて、私としても強行出来ず、これまた妥協して、何がいいたい
のかわからぬタイトルになってしまいました。
私はたいていのことにはおおらかでいたいと思っている人間ですが、

この二つの出来事は今でも許せないと思っています。「下品だ」「男に失礼だ」という言葉には、男の上から目線が感じられます。

こういう男達がいばっているからこそ「男たちの育て方」が大事であり、これは今でも通用する、いいタイトルだと思っています。

「くたばれ！　結婚適齢期」のかわりにつけられたタイトルにはサブタイトルがついており、「自発的適齢期のすすめ」とあります。

そして、帯には「適齢期とはあなた自身のもの、適齢期を自分で選ぶことは自分の人生を自分の手で選ぶことである。人生は、自分が何を選ぶかによって決まる、選択の連続なのだ、その大切な選択をどうして他人に任せておけよう、他人にわずらわされず、自分の意見で選択するためには、様々な既成概念やある種の常識から自由にならなければならない」と書いています。

今私が考えていること、いっていることとほとんど変わらない。昔から私の考え方はブレてはいないのです。私の著書『極上の孤独』に対する最近の書評で、私のことを「全くブレのない生き方」といってくださった方がいて、とても嬉しく思いました。

私が結婚したのは36歳の時でした。だから結果として36歳が私の結婚適齢期。一人ひとり違っていいのです。年齢を押しつけることは、人をしばることなのです。

年の差婚をする男性はどんな人?

ある日、家に辿り着くと、つれあいが待ちかねたようにいいました。

「いいニュースがあるぞ」

じらされた挙げ句、おいしい鮨を御馳走することを約束させられて聞き出したのは、陸奥《むつ》イアン陽之助さんの結婚話でした。

その時、陸奥イアン陽之助さんは92歳。

「私、結婚しました」という言葉に少し驚いただけで、つれあいも陸奥さんならと納得したそうです。

私も一瞬「えっ？」といったものの、「いいニュースじゃない！」とすっかり嬉しくなりました。

陸奥イアン陽之助さんは明治の元勲、外務大臣・陸奥宗光の長男・陸奥廣吉の一人息子で宗光の孫にあたります。廣吉は宗光の前妻の長男ですが、その後、宗光と結婚したのが、鹿鳴館の華とうたわれた亮子夫人です。

廣吉は外交官になるべくケンブリッジ大学に留学し、そこで下宿した格式ある家の娘エセルと恋仲になり、その後イギリスと東京に引き裂かれて17年、宗光が死んで首相の伊藤博文のはからいで40近くになって結婚し、エセルは日本に渡ってきます。

当時、外交官が外国人と結婚することは御法度。しかも外務大臣の息子です。二人の恋愛中はイギリスはヴィクトリア女王治下、日本などちょんまげが取れたばかりの後進国でした。

美男美女の二人が貫いた愛に惚れ込んで、私はノンフィクション『純愛——エセルと陸奥廣吉』(講談社)を書きましたが、廣吉の日記を一人息子のイアン陽之助さんから50冊ほど資料として貸していただきました。

その間何度もお会いし、食事も共にし、すっかり親しくなりました。もともとは、ガンで亡くなった前の奥様の寿賀さんがＮＨＫアナウンサーの大先輩で可愛がっていただいた御縁でした。

イギリスと日本の血を引く素敵な方で、見かけはイギリス紳士、同盟通信からニュース専門の映画会社の社長になり、お会いするたびにときめきを覚えました。

ホテルオークラでもフロントの女性達が「陸奥さまー」と特別扱いをするほどでした。

その陸奥さまが結婚する。お相手は、陸奥宗光の研究者担当の某新聞社出版部編集者で、私より1歳上の1935年（昭和10年）生まれ。92歳の陸奥さんとの年の差は30歳前後だったはずです。陸奥さんなら誰でも納得するでしょう。私も彼女と知り合いだったので御一緒に食事もしましたが、陸奥さんは数年後に亡くなってしまいました。

歳を重ねた美しさが滲み出ている男性は魅力的です。おしゃれで身綺麗であることも条件です。そして話題が豊富であること。陸奥さんはそれら全てに当てはまる、ほんとうに稀有で素敵な男性だったのです。

なぜ年の差婚では女がいつも年下なのか

最近の芸能界でも、年の差婚が頻繁に話題になります。

加藤茶さん、堺正章さんなど20～40歳違いの結婚など珍しくもありません。若い女性は渋くて魅力的でいきいきとしている男性に憧れを抱くのでしょう。

同年代や若い男性にはない落ち着きを持っているのでしょうから、父親に対する憧れと似た感情を女性が抱くのかもしれません。

男性の方は、若い女性と暮らすことで青春を取りもどしたようになる。いいことです。年ではないのです。二人の感性が合えば、楽しい日々は訪れる。なにも同じ年頃の男女が結婚しなくてもいいと私は思います。

かつても大金持ちが、若い奥さんを持つケースはありましたが、多くは、お金で買うという感じの結婚でした。

菊池寛の新聞小説に『真珠夫人』という作品があります。

美しくてみんなから憧れられる上流階級の女性が、父の借金返済のため、恋人との仲を裂かれて金持ちの老人と結婚させられる。彼女は結婚式はあげるものの、決して身を任せようとしない。いつまで経っても。それが復讐なのです。

そして嵐の日、夫になった男はあえなく亡くなり、莫大な財産と共に残された彼女は、真珠夫人と呼ばれ、いつも多くの男達に囲まれています。

彼女に純粋な愛を捧げた青年は自動車事故で死に、そしてその弟もまた彼女に憧れ求婚するも断られて、だまされたと思い、ついに彼女を刺してしまいます。

彼女は最後に引き裂かれたかつての恋人の腕の中で、息を引き取ります。彼女の操《みさお》は恋人と過ごした日々のまま守られたのです。いささか古めかしい話ですが、功成り名遂げたお金のある男は、みな若い女性を妻にしたがったのです。

昨年から今年にかけてフランスでは、政情が安定せず、若きマクロン大統領にとって大きな試練だったと思います。そんな時の支えになったのが25歳年上の奥さんのアドヴァイスかもしれません。マクロン大統領の恩師だったという奥様は、様々なシーンでマクロンさんのよきアドヴァイザーのはずです。

女性の内面的な魅力に惹かれれば、外面的な美しさや若さなどは太刀打ち出来ません。

日本でもそうした例が増えてきてもいいと思うのですが、なぜか常に男性が年上で、ずっと年下の女性と結婚するケースばかりが目立つのは、とても残念なことです。

次なるパートナーは年下がいい

「女は若いうちが華」という考え方を持つことは、女性を商品扱いする、もっともひどいセクハラといえます。

年を取ってなんとなくうす汚くなるのは、女性より男性の方がひどいと思います。私はほとんど出席しませんが、同窓会で会ったクラスメイトなど、どうしてこんなに汚くなってしまったのかと、老け込んだ姿に悲しくなりました。

かつてロマンスグレーという言葉がありましたが、それなりに年輪を重ねたおしゃれな男性は素敵です。

でも私は、今から女性がパートナーを持つなら、断然、若い男性がいいと思っています。理由は男達が若い女性と結婚するのと同じこと。若い男性といると、こちらがそのエネルギーで若返るからです。

私のつれあいは三つ下ですが、もっと年下に見えるようです。

昔、ある小料理屋へ行った時のことです。先客の五木寛之さんは、カウンターで編集者らしき人と一緒でした。

ＮＨＫでアナウンサーだった当時、五木さんがのぶひろしというライター名でスクリプトを書いていた頃からの知り合いなので、挨拶してつれあいを紹介しました。つれあいがトイレに立った時、五木さんがいいました。

「下重さん、どうしてあんな若い男と……」

よほど年下に見えたようです。残念ながら今でも私よりよほど年下に見られます。

一緒に暮らすようになった時は、三つ下なら私を看取ってくれるかもしれないとの思いもあったのですが、今になって考えてみると、もっとずっと年下でもよかったと思えます。

なぜなら、一般的にいって女の方が元気な人が多くて平均寿命が長く、90歳や100歳はザラ、私も今のまま元気ならかなり長生きしそうなことを考えると、女にとっての結婚相手はずっと若い方がよさそうです。

強いていえば、希望とする相手の男性は40〜50代でしょうか。20〜30代ではちょっと離れすぎる気もするし、次なるパートナーはそのあたりかと思案しているところです。

同年代でないと話が通じないという人がいますが、私はそうは思いません。年が近くてお互い「年取ったね」などとなぐさめ合う間柄より、多少刺激的な関係の方が面白い。世代が違っても同じ人間、感性が合えば問題ないと思います。

幸い私の場合、仕事でつきあうのは30〜50代までの編集者が多いので、話をして飽きることがなく、エネルギーをもらえています。私の方には全く違和感がありません。あればあったで、それもよし。お互いの違いを認め合うことが出来ます。

日本でも若いパートナーと暮らしている女性は少数派ではありますが、います。漫才の桂子・好江の好江さんは私と同い年ですが早くに亡くなり、桂子師匠は24歳年下の男性と結婚しています。お相手の男性はかつては桂子師匠のファンで、その後結婚して師匠のマネージャーなどをしています。

映画監督の鈴木清順さんも、年上の奥さんでした。評論家の吉武輝子さんは、家庭内別居していた夫の死後、長く同居していた若い男性と結婚しました。

日本ではまだ20歳以上年下の男性と暮らす女性は少ないですが、欧米では珍しいことではなく、『愛人』などの著作で有名な作家マルグリット・デュラスは、晩年に40歳くらい年の離れたパートナーと同居し、彼女の死後、今もデュラスの著作などを守って暮らしています。マクロン大統領夫妻といい、さすが成熟の国・フランス。日本の男性は、いつになったら成熟した日本女性の魅力に気付いてくれるのでしょうか。

老人を型にはめて管理するな

私はスマホは他とつながることが出来る手段として高齢者には役立つと思うので、馴れていない高齢者には若者達が教えてあげてほしいと思っています。

私は仕事の原稿こそ手書きですが、ＳＮＳの便利さはよくわかっています。スマホでＬＩＮＥもやりますし、あらゆる情報がすぐに入手出来て退屈しません。

しかしアナログ人間には、なかなか親しむきっかけがありません。老人ホームなどへ行って感じるのですが、入所者を集めて童謡を歌わせたり、ぬり絵をさせるなどという幼稚なことではなく、スマホやパソコンの使い方など新しいことを教える機会があってもいいのではないでしょうか。

老人ホームでは、高齢者を囲い込み、昔に引きもどすことばかりしている気がします。入所者が目を輝かせるような新しい出来事やときめきが必要だと思うのです。

認知症についても、私は現在の対処法をよく考えてみるべきだと思うのです。ちょっと物忘れが増えただけで、「認知症が始まったのでは」とその枠に入れてしまうことには反対です。人間は得意とするところもあれば、抜けているところもあるのは当然です。

認知症が始まったと家族や周りから見られることが、認知症をいっそう悪化させます。

自分は認知症かしらと思い始めて心も沈み、挑戦することも忘れて、面倒を見てもらうのが当たり前になる。まだまだ可能性はあるのに、落ち込んでしまって何もやる気が起きない。こんなバカげたことはありません。

死ぬまで人間は可能性の固まりです。もっとおめでたく自分を信じて、のびのびと生きようじゃありませんか。

そのためには、老人というくくりをなくすことです。わざわざくくらなくとも、年は取るのです。その上、後期高齢者だの何だのと細分化し、挙げ句の果てには認知症だの病気だのによって区別し、病状に合った施設に入れることで解決しようとする。高齢者も何もいわずに従い、一気に老け込んでしまう。

管理されるくらい不愉快なことはありません。人間には、人生の終わりまで誰にも管理されずに暮らす権利があると私は思います。

第二章　年齢は自分で決める

自立した時から年齢を数える

年齢を最初に自覚したのは、1945年（昭和20年）8月15日だったと思います。終戦記念日です。

区役所に届けられた生年月日は、1936年（昭和11年）5月29日だそうですが、私の中の記憶にはありません。

生まれたのは軍人だった父の転勤先、陸軍第十四師団のあった栃木県宇都宮市です。2年間いただけでしたが、雷《かみなり》の名所といわれるだけあって一人寝かされているそばの窓ガラスが振動するほど雷鳴がとどろき、いやその前に、閃光《せんこう》が走るのが先ですね。

恐怖の感覚は赤子にもあるのでしょう。そこから始まって仙台・千葉・静岡・大阪など折々に想い出すことはあっても、宇都宮市ほど鮮烈なイメージと心ゆさぶられる記憶ではないのです。どこか他人事のような無責任さで、毎日を送っていた気がします。父や母のいうなりに事は運ばれていき、四つ違いの兄とは、仲よく遊んでいた古きよき日の写真もあります。

その頃の私は、いわゆるいい子だった気がします。まだしっかりと自我に目覚めてはおらず、はっきりと覚醒するのは敗戦によってです。それまでの年月を、私の中の年齢に組み込むことに、私は納得出来ません。

自分の頭で考え、自分の意志で選択し、自分で行動するようになった日が、私のほんとうの誕生日だと思うのです。

敗戦の年、私は9歳でした。国民学校初等科3年生、疎開からもどった学校の教科書は墨でぬりつぶされた無惨なもので、読めるところはほんの数行、毎日朝令で戦争や天皇陛下について話をした校長先生をはじめ、前線からやっと帰国出来た先生達は、以前とは掌を返したような発言をし、私達子供は面くらったものです。

なぜ、どうして、と聞いても、先生や父母や周りの人々は明確に答えられません。彼等自身がとまどいの中にいたからです。

答えのないままに私達子供は、自分で考えなければなりませんでした。

戦争に負け、戦勝国のアメリカの考え方や価値観が入ってきて、それに従わざるを得ないのだということは、ぼんやりとわかりました。

民主主義という聞き馴れぬ言葉も頻繁に登場します。はっきり誰も把握出来ないままに。

私の父は軍人という職業、しかも陸軍幼年学校から陸軍士官学校を経たいわゆるエリート指導層であり、戦争を推進した側です。

ほんとうは絵かき志望だった。長男で軍人の家を継がねばならなかったといっても、言い訳に過ぎません。大阪府八尾市にあった陸軍の大正飛行場の責任者の一人だったのですから。

「あの戦争は間違いだった」といったこともありましたが、戦後日本の復興が進むにつれ、かつての軍人時代の考え方にもどっていきました。

疎開からもどった学校では、軍人の娘ということで、いじめられましたし、四面楚歌の中で私は決意せざるを得ませんでした。目の前で掌を返した大人達は、もはや信用出来ない。私は私で生きていかなければならない。自分で考え選択し行動して……その目覚めが国民学校初等科3年生。私はその自分をゼロ歳と決めたいと思うのです。

私の原点であり、そこから今の私への道のりが始まるのですから。

病気が多くのことを教えてくれた

厳しい原点でした。

父は戦後天下りした職も公職追放で追われ、経済的にはみな貧しかったとはいえ、わが家の転落ぶりは天から地でした。父は落ちた偶像となり、兄とのけんかが絶えず、手をあげることもしばしば。その後、兄は東京の祖父母のもとに預けられ、それまでなんとか均衡を保ってきた家族は崩壊しました。

住み込みのねえやがいて、列車では三等車に乗ることはなく、人様から羨ましがられるような身分であり、それを何も考えずに受け入れてきた幼年時代。あの時期私は私ではなかったし、私の歩みをしていなかった。父母を敬い学校の成績もいいエリート子女、あのまま大きくなったら、なんといやな女になったことでしょう。

１９４５年（昭和20年）８月15日は、私という人間が自覚して生き始めた記念すべき誕生日です。

感性の目覚めは、さらにその１年前になります。幼児の頃から高熱を出すことが多く、扁桃腺肥大で後に手術することにもなります。

そんな時必ず現れるイメージ――細い襞《ひだ》のある壁のようなものが目前に迫ってきて、恐ろしさに悲鳴をあげそうになると、すっと消えて首の長い白い鳥が一羽。そのくり返しに悩まされました。

枕元には、父が中国から送ってきたスケッチ、松花江にかかる橋を、日傘をさして渡る女性や古寺と三重塔を表装した屏風があり、それらをいつも見ているので、自分が行ったことがあると錯覚していました。

それも私自身の感性とはいいがたいものがあります。

私の感性と自覚し、毎日つきあうことになるのは、国民学校初等科2年と3年の2年間にあります。

学校の検査でツベルクリン反応の陽性を告げられ、病院で肺門淋巴《リンパ》腺炎と診断を受け、安静を告げられました。

病状としては37度台の微熱があるだけで、なんとなく熱っぽい以外には、痛くも痒くもないのですが、当時は特効薬がなく伝染性の死病として恐れられ、栄養を摂って寝ているしか方法がない。学校からの集団疎開は拒絶され、父の知人を頼っての縁故疎開で、奈良県の信貴《しぎ》山上の老舗旅館の離れの一室に隔離され、道路をはさんで前にある陸軍病院として使われていた旅館から1日おきにやってくる軍医に注射してもらう毎日でした。

左腕の静脈に針がさし込まれ、太い胴をした注射器の液が吸い込まれていくのをじっと見つめている変な子供でした。

ヤトコニンという注射液の名は今でも忘れません。

1日4回、朝、昼、午後3時、夜と熱を測って熱型表をつけるのが楽しみで、平熱近くなると、わざと夜遅くまで父の本などに読みふけって熱を上げたりしたものです。

いやおうなく感性は研ぎすまされ、毎日の天気によって微妙に色や形を変える天井板の木目におびえたり、土色の小さな蜘蛛が作る見事な巣に感動し、夕立の雨滴の輝きや辛抱強く獲物を待つ蜘蛛の姿から多くのことを学んだのです。

あの頃培われた感性は、今もあまり変わっていません。

うつるといけないので子供との接触はほとんどなく、周りは大人ばかり、とりわけ向かいの陸軍病院には軽度の結核患者がいて、その中の数人がよく白衣のままわが家に遊びに来ました。

東大生の青白き秀才がいるかと思えば、いつも革のムチを鳴らして歩く番長風の兵隊がいたりと個性豊かで、私はその年若い兵隊とつきあうことで退屈することがありませんでした。

疎開している私達以外、都会の人間は少なく、彼等は父が軍人だということもあって気安くわが家を訪れ、私は子供というよりむしろ女性として扱われたような気がします。

ムチを常備している番長風兵隊は母の隙を見て私を散歩に誘い出し、使われなくなったトンネルをくぐり、その先に広がる草原の丈高い草に隠れて、

「お母さんにいっちゃ駄目だよ」

といいつつ、様々なことを教えてくれました。初等科3年ながらぼ

んやりとわかるその感覚。私は読んでいた本のせいもあって、すっかり頭でっかちのおませな少女になっていました。

ずっと後に、ボーイフレンドと初めてキスをした時、どこかでこの感触を知っていました。小学生にして、普通の子供達の知ることのない大人の秘密を嗅いでいた気がするのです。

したがって私の感性の目覚めは普通の子供よりはるかに早く、知識ではなく自分自身の感覚として色々なことを知ったのです。

同じ年頃の子供は、私には極端に子供じみて見えました。

私だけがずっと早く大人になっていき、無邪気な子供達を見ると馬鹿にし、どこかで哀れんでいました。

そして敗戦。陸軍病院もなくなり、軍医も白衣の兵も訪れなくなり、私も元の学校にもどることになるのです。不思議なことに、誰も面倒を見なくなったら、結核は治りました。

1945年（昭和20年）を機に考え方も感覚もすっかり大人に変わり、私は同年代の子供達とのギャップに苦しむようになっていくのです。

人の死を初めて経験する

おませな子供でした。ほんとうは2年間結核で学校を休んでいたのですから遅れても仕方がないのですが、その頃、ほとんどの子供が集団疎開していて勉強していないので、私もそのまま上に行っていいと先生からいわれました。

勉強だけは出来たのですぐ級長にされ、副級長の男の子から卑劣に足を引っ張られはしましたが、先生が気付いてくれ、ことなきを得ました。

特に国語は、意味もわからぬままに毎日父の本棚にあった小説本に読みふけったおかげで、勉強の必要さえありませんでした。

6年生の夏休みの始まった頃、初潮を迎えます。今の子供は成長が速いので当然かもしれませんが、当時としては異常な早さで、何も教えられてはいませんでした。学校はもちろん母からも。

私は怪我をしたのだと思いました。なぜ血がついているのかがわからず、母に話した時の母の驚き！　それから手当をしてもらい、大人の女性になったのだと告げられ、お赤飯を炊かねばといっていたようですが、その頃お赤飯など贅沢品で食べたのか食べなかったのか……。

そんなことがあって、夏休み後の教室では一人ますます大人になった気がしていました。その頃の私は背が高く、クラスでも後ろの方でした。ませていたからか背は小学生で伸び切ったらしく、中学以後はみんなに追い越され、席も前へ前へと移動せねばなりませんでしたが。

学校では体育の時間は全て見学。結核の再発を恐れた母は、腫れ物に触るようにして、私には家のことを何一つさせませんでした。

いまだに泳げないし、自転車にも乗れないのはその頃の名残。レントゲンには、時折、影が写ることもありました。体と心の健全な発育という観点からいくと、私はなんともいびつな形で育ってしまったようです。

いつも私同様に休み時間や放課後、ボールと戯れる級友を見ている男の子がいました。言葉を交わさずとも彼の気持ちはわかりました。決して羨んでいたのではありません。無邪気な子供達を憐んでいたに違いありません。

小学生の時、帰り道が同じ色の白い女の子がいました。クラスはちがいますが、とびきり頭のいい子で、言葉の端々にそれが滲んでいて、私には優しくしてくれました。

しばらく会わないと思ったら病気で臥《ふ》せっているとのこと。それも当時は療法すらわからぬ白血病にかかったのです。病名と彼女の異様な色の白さが重なりました。

面会謝絶で会えないままに訃報がもたらされました。お宅に伺って対面した時には、冷たくなっていました。手をつないだ時のぬくもりなど、消えていました。

今でも彼女のおかっぱ頭と、無口だけれど人を見通すような透んだ瞳、白地に黒のチェックの上衣《うわぎ》など鮮やかに思い出します。

私が初めて知った、人の死でした。

故人を時々思い出し、話題にする

彼女は今もあの年齢のまま、私の心の中に生きています。年齢とは何でしょうか。早く逝った人には、年を取るということがなく、亡くなった時の姿がみなの心に刻まれ、いつまでもその姿で生き続けます。

私は彼女をはじめ、亡くなった人のことを時々思い出し、話題にするようにしています。その時死者はよみがえり、生前の形を取って生き返るのです。

体は死んでいても魂は生きていて、ふっと生者の前に姿を現すことがあるのです。

思い出すということは、死者をよみがえらす作業です。

人間に限りません。愛猫も愛犬も、それから心がないと思われている物も、生きている人がその生き物や物のことを考えている時、形を取って生き返るといってもいいでしょう。

私はそう信じています。いかに科学が発達しようと、死は全て無に通じるといわれようと、それは一面に過ぎないのだと思います。

太陽と月、光と陰、必ず物事には二面があって、死は片面だけをうばうのです。

年齢についても、同じことがいえます。戸籍に記載された年齢ではない、その人自身の持つ心の年齢、外からは見えない自分だけの年齢があるはずです。

中学で尊敬出来る女性教師と出会う

中学は、新制中学が出来たばかりであまり設備など整っていないこともあって、私立の樟蔭中学に受験をして無事入学、ここは大阪の商家の裕福な家庭の子供が多かったせいか、おませな女子が多かったようです。

中学のクラス名は梅・桃・桜と幼稚園並みの名前なのが、高校に行くと月・雪・花とまるで宝塚。大学の卒業式には黒紋付に緑の袴という、これまたまるで宝塚。

実際、宝塚音楽学校へ行った生徒も多かった。友人達に誘われて宝塚大劇場を見に行った時は、春日野八千代さん、八千草薫さん、越路吹雪さん、有馬稲子さんといった大看板が現役で活躍しており、宝塚の黄金期といっていいでしょう。

私はそんな華やかさに、どこかついていけないものを感じていました。敗戦の日に抱いた、大人は信じられないという感覚。私は私で生きていくという思いが現実味を持って襲いかかってきました。

こんなふうに良妻賢母を作る学校にいていいのだろうか。大人に頼らず自分で生きていくためには、精神的自立と共に経済的自立が必須です。他の人、例えば親や子供、夫を養うことは出来なくても、自分で自分を食べさせていかねばならない。それなのに女の園でのんびり暮らしていていいのだろうか。

偶然というか、必然というか、もっとも難関といわれた大手前高校を出て京都大学卒業の才媛《さいえん》である担任の女性教師が、ある日私と友人を呼んでこういいました。

「これからの女性は、自分で生きていかなければいけない。受験校の大手前高校を受けなさい」

そして放課後。二人に特別補習をしてくれました。

そのおかげもあって二人共合格し、男女共学の高校に入りました。

それまであまり勉強せずとも1、2番でいられたのが、高校では全員が秀才ばかり。得意な国語は別として数学や化学などはチンプンカンプンで、試験ごとにハラハラしながら過ごし、志望だった京都大学などとても無理といわれ、3科目だけの早稲田大学を受験することになりました。

衝撃を受けた恩師の自殺

そして早稲田大学教育学部国語国文科に入ったある日、晩春か初夏か、新聞を見ていた私はわが目を疑いました。

私達に補習までして自立の道を促した、あの京大出の女性教師の自殺が報じられていたからです。

先生はその頃都立の高校で教えていましたが、長らく会っていませんでした。手記を残し、学校の一室で自殺！　それは同じ学校の男性教師に失恋した挙げ句のことでした。

私はショックを受け、しばらく身動きも出来ませんでした。

「先生、あなたは私達を励まし、自立を説いて、行く道を示してくれました。その先生が、なぜ失恋したからといって死んでしまうのですか」

小学3年生からぼんやり考えていた、これからの行く道をさし示してくれた恩師の自殺。私は裏切られた思いも抱きました。

その手記は女性誌にも載り、私はむさぼるように読みましたが、男にだまされた恨みつらみが並べられていて、読むのが辛かったことを憶えています。

当時の私には、先生の気持ちがわかりませんでした。小学校時代に牛乳配達の青年に秘かに恋い焦がれ、高校時代には手をつないで歩くボーイフレンドもいたのですが、ほんとうの恋は知りませんでした。ましてや失恋という形でギリギリまで追いつめられ、死まで選ぶ気持ちを理解することは、とても無理でした。

就職後にある男性と出会い、10年近くの濃密な期間を経て、別れがやってくるその時になって、やっと先生の気持ちが理解出来たのでした。

色が白く小太りで、髪の毛が茶色い猫っ毛で、丸い眼鏡をかけ、かん高い声で話をする、あの理知的な先生の、どこにそんな情熱が潜んでいたのか。

先生の顔も声も、あの時のまま、今耳許によみがえってきます。あの時、先生はいくつだったのか？　年齢不詳に見えましたが実年齢は30代だった気がします。

先生はいつまでも30代のままです。教え子の私がとうにそれを追い越し、一般的には後期高齢者と呼ばれるようになっても、先生を思い出す時、私はいつもセーラー服におさげ髪の少女にもどっているのです。

大学時代はひたすら本を読みまくる

大学時代は、鬱《うつ》の時代でした。自分の殻の中にこもり、自己表現したくてその出口を探しても見つからない状態。精神的な病かもしれないと次々と医者を訪ねては、異常なしといわれていました。

大学はやたらに人ばかり多くて、高田馬場駅から大学正門行きの満員のバスの中で男子学生達に押されて息がつまりそう。大学正門前の階段を上る時も、大教室に入って片隅に席を取る時も馴染めなくて、心楽しいことはほとんどありませんでした。

友人達はと見ると、グループで、女の子同士つるんで食事をしたりお茶を飲んだり、その華やかで賑やかなこと！　私が一番苦手なことでした。特に女子校から来た生徒は、男子学生が近くにいることではしゃいで見えました。

早大は、学生運動も盛んでデモに動員されたり、大学近くの穴八幡や甘泉園などに集って同級生のタクトに合わせて歌わされたり……。

本来、歌は好きなので参加してみたものの、ノンポリの身にはどうにも馴染めず、授業も興味のあるもの以外は代返ですましていました。

一人でいることで時間はたっぷりありましたから、日々の歩みは遅くさえ感じられ、卒論で選んだ萩原朔太郎の世界に耽溺《たんでき》し、朔太郎かぶれの短文など誰に見せるわけもなく書いていました。

時間を埋めてくれるものは本しかなく、特に一期上に寺山修司さんや山田太一さんがいたこともあって、あれやこれやと片っ端から読む癖がつき、好きな詩を読み漁り、自分でもそれらしきものを書いたりしていました。

中学、高校、大学は少女小説から純文学、果ては吉川英治の『三国志』など長篇の時代物まで、読み終わると達成感がありました。

その頃の私を憶えている人達は意外と多いのです。

いつも全身黒ずくめで目立ったらしく「小悪魔」と呼ばれ、特に冬場は黒マントに、まだ誰も履いていなかった毛皮がついた黒のブーツで、目立っていたそうです。

内向きだったということは、言葉を換えれば、自己陶酔していて目立ちたがりだったといえないこともありません。

自分では物書きになりたいと人知れず考えていました。詩か小説を書くことで自己表現したい。けれど全く自信がなく、口にしたことはなかったはずです。

そんな時、同じクラスの黒田夏子というペンネームを持つ女性から声をかけられました。

「同人誌をやるけど入らない？」

彼女を中心とした同人誌「砂城」には早大に加え東大の学生などもいました。黒田さんは当時から小説を書いていて、その同人誌に連載を書き続けていました。卒業後も時々「砂城」が送られてきて懐しく思ったものです。

その後も彼女は生計を立てる以外は全て書くことに注ぎ、75歳で芥川賞を受賞。どんなに嬉しかったか。彼女というより、周りで見守ってきた私達の方が。記者会見の日も、私の方が涙を流し、彼女は淡々としていました。

多分、大学時代一人で鬱々としている私に同じ匂いを感じ、同人誌に誘ってくれたのでしょう。彼女は4歳で母親を亡くし、大学教授の父親と二人繭《まゆ》の中で育ったような自分の世界を持っている人でした。

私は会合には時々参加したものの、折角の彼女の好意も無にして「砂城」に作品を発表することはありませんでした。

人様に作品を見せる自信がなかったのです。そのくせ自己顕示欲は人一倍あって、人の着ていないものを身につけたりして目立っていたのでした。

私は「中央公論」を毎月取り、黒田さんは「文學界」など。それを二人で交換し合って読んでいました。「中央公論」には谷崎潤一郎の『鍵』が載り、「文學界」には開高健に次いで芥川賞を取った大江健三郎の『飼育』が載っていました。

忙しすぎると時間も年齢も止まる

ＮＨＫには9年間在籍しました。最初から10年以内に辞めるつもりでしたが、体感的には9年間もいた気がしないのです。せいぜい5年くらいの感覚でしょうか。

もともと活字志望でしたが、女性を採用してくれるところがないので新聞社や出版社等は諦めざるを得ず、出そろったばかりの民放やＮＨＫは、制作や記者は駄目でもアナウンサーは女性の声と顔が必要で受験させてくれました。

言葉を扱うという意味では近いので放送局を片っ端から受け、最初に決まったＮＨＫに入ることになりました。同期生は男性19人、女性4人、1959年（昭和34年）、皇太子（上皇陛下）御成婚の年でした。

すぐ名古屋勤務になり、伊勢湾台風に遭い、わけもわからぬうちに報道の渦に巻き込まれ、やむを得ず食べるために見つけたアナウンサーの仕事の中で、自分自身を見出すことになるのです。

その頃名古屋に転勤していた女性は、1年上の野際陽子さん（のちに女優）と二人でしたが、野際さんがあらゆる面で優れていたので真似も出来ず、私という〝個〟を見つけなければなりませんでした。

野際さんは女優志望、私は物書き志望と最初から二人はアナウンサーが目的ではありませんでした。自分の居場所は大切にしていましたが、将来の目標は別にありました。

名古屋で過ごした時期が一番印象深く、東京にもどってからのことはあまり憶えていません。なにしろ忙しくて忙しくて、全て生番組で時間に追われて暮らしていましたし、私自身の思いとは別に、なぜかアナウンサーに向いていると思われたらしく、番組が次々と押し寄せ、それを消化するのがやっとでした。

一つ番組が終わると、そのことはすっかり忘れて次の番組に取り組まねばならない。毎日終わった台本だけが空しく積み上がっていきました。

人間の脳の許容量は決まっているようです。全部詰め込むことは出来ず、一つ忘れて一つ憶える、それで回転しているのでしょうか。

いかに憶えるかは、いかに忘れるかにかかっています。忘れることは大切です。認知症がよく問題になりますが、忘れることを恐れる必要はありません。忘れたら、新たに一つ憶えればいいのです。

あの頃、忘れるのが日常でした。人の名前、ハンドバッグ……。あまりにスタジオに忘れ物をするので、その後を追っていけば私の行き先がわかるとまでいわれたものです。

今の方が、私は物忘れが少なくなりました。あの頃は忘れることで次々と仕事を消化することが出来、仕事を楽しむこととは程遠かったと思います。自分の好きな音楽番組でカラヤンもオイストラフもただで聞くことが出来、イタリアオペラの公演も幻のテナー、マリオ・デル・モナコの「道化師」やジュリエッタ・シミオナートのメゾソプラノで「アイーダ」のアムネリスを仕事で聞くことが出来たことを除いては……。

忙しいとは心を亡くすと書くように、あの頃の私の心は私の中に収まらずに宙に浮いていたのかもしれません。

落ち着いて月日を自分の中で咀嚼《そしやく》することなど出来ずに、時間はあっという間に過ぎ去りました。

どんな番組をやったのか、そこで誰に会ったのか、ほとんど記憶にないのです。「初めまして」と挨拶すると、「いや前にお目にかかっています」と返されて恥をかき、以来その挨拶は禁句にしました。

千葉県知事の森田健作さんに会合で会った時、「僕が俳優としてデビューした時、最初にインタビューしてくださったのが下重さんです」といわれて驚きました。私の記憶にはかけらも残ってはいませんでしたから。

ある時、「徹子の部屋」を見ていて驚きました。元ピンク・レディーのケイちゃんが解散後に女優として出演していました。

「あの頃（歌手の時）よく私の司会していた歌番組に出てくださったわね」

と黒柳さんがいうと、

「私？　黒柳さんの番組に出ましたっけ？」

驚きました。毎週曲がベストテン入りし、スタジオに登場していたのは、私ですら憶えているのに。

気がつきました。事務所が組んだ予定通りにテレビ局やスタジオを渡り歩き、わずかな移動時間は睡眠にあてる。彼女達はそれらをくり返す操り人形のようなもので、とても自分の時間や年齢というものを認識するひまなどなかったのです。

私自身、経験のあることだけに、他人事とは思えません。これは自分の時間ではなく他者に操られた時間、その間年を取っていないのではないか。私のＮＨＫの９年間を短く感じるのは当たり前かもしれません。

他人の意見に従い、どん底に落ちる

何かをきっかけにして、全てがうまくいかなくなることがあります。その何かを見極めることこそ、同じ失敗をくり返さないための学びだと思います。

私の場合、仕事とプライベートにおける転機が重なったことが原因でした。

私はいつも自身がなすべきことを自分で考え、自分で選んできました。それは敗戦の日に自分に誓ったことでもあり、自分の思い通りの道ではなくとも、その場その場を懸命に過ごしてきました。特に仕事は辛くしんどいものだけに、楽しむ工夫をして臨む。仕事は楽しく、プライベート（趣味、恋愛）は仕事のように真剣に、がモットーです。

ＮＨＫの仕事は絶好調と思われていましたが、私は跳ぶ準備をしていました。

10年以上もずるずるといては、腐ってしまう。物を書くためにＮＨＫを辞めることなど考えなくなってしまうのが恐かったのです。

チャンスは向こうからやってきました。ある民放から私をメインキャスターにした番組をやりたいという話が来ました。当時は民放は、始まってまだそれほど時間が経っていないために人材不足で、蓄積のあるＮＨＫから、人を引き抜くことがはやっていたのです。木島則夫さん、小川宏さんといった男性に加え、女性では野際陽子さんが第1号、私に第2号として白羽の矢が立ちました。

私の計算より3年早い7年目。当時、私はまだ20代でした。

私の中で直感がひらめきました。これぞ、またとないチャンス。私はそうした直感だけは働くのです。私自身、最終的に跳ぶだろうと予想出来ました。

その時、私は大恋愛中でもありました。その恋人は、大学生の時、客席から一目見て不思議な縁を感じた人で、放送局の仕事で再会し、毎日のようにお互いを待ち伏せする間柄。あんなに素敵な恋人はいない。その意味で私ほど幸せ者はいませんでした。

9割方跳ぶことに決めて、彼に話しました。すると翌日、彼がいいました。

「母が反対している。NHKにいた方がいいと」

美しく華やかな彼の母親は私を可愛がってくれましたが、考え方はコンサバティブ（保守的）でした。

彼自身は面白がっている風もあったのですが、父親と離婚した母親と暮らす中で、母の意に沿うようになっていたのでしょう。実に仲のいい親子でしたから。

母親の意見にかこつけて自分の意見を遠回しにいったのだと判断した私は、よく考えた上で、跳ぶことをやめたのでした。

それほど私は惚れていました。二度とあの頃の自分にもどることは出来ない。涙の出るほどいい奴でした。

これが自分の直感に従わず、他人の意見を聞いて物事を決めた、後にも先にもたった1回の経験です。

その結果、私はＮＨＫに残ることになり、留学のためスイスに赴いた彼との間には目に見えぬ溝が深まり、別れることになるのです。

その3年後、再び仕事のチャンスが訪れ、迷うことなく跳んだものの、もう陽は私の背中からずり落ちて地平線に沈むところでした。最初から人選でガタつき、1年で番組終了の憂き目にあったのです。

恋を失い、仕事も最悪の状態で、私はどん底にいました。

他人からそう見られるのがいやで陽気に振る舞い、沢山の男友達と柄にもなく遊んだりもしました。夜な夜な、銀座や新宿のゴールデン街で飲み、来る仕事は何でも引き受けました。朝、北海道にいて夕方、九州にいるような強行軍も、とりあえずひまな時間を埋める上で有効でした。

時間があると、ろくなことを考えません。私は仕事がうまくいかないとプライベートを充実させ、上手に舵取りをしてきたつもりでしたが、この時だけは、例えば音楽会や映画に出かけても彼とのことしか思い浮かばず、血が噴き出しそうな場所は全部避けて通りました。

どん底から5年、日は過ぎていきましたが、何をしていたのか、考えていたのか、全く思い出せません。私という人間の空白の時期と呼んでもいいと思います。

それは全て私が選んだ結果でした。他人の意見に従ったのもまた、私の選択には違いないのですから。

目的を果たすだけの人生はつまらない

1977年（昭和52年）の3月からの半年間、私はエジプトに滞在しました。なぜエジプトかというと、中近東が好きなのと居場所があったからです。

つれあいがテレビ局の中東特派員になって、レバノンのベイルートに支局を設けたところ、内戦に次ぐ内戦で支局を移さざるを得なくなり、半年近いロンドン滞在の後、カイロと決定して家探しを始めました。

他のマスコミ支局もカイロに移転し、銀行や商社もベイルートから撤退しました。目の前に地中海が広がり、後ろに山を背負うフランスの委任統治領だったレバノンのベイルートはおしゃれな街で、昔の映画に登場する豪華なホテルが海辺に軒をつらねていました。

一方でパレスチナの難民キャンプを多く抱え、イスラエルからの攻撃が絶えず、日本の赤軍派も本拠を定めている危険な街でもありました。

私もつれあいのいる間、難民キャンプを取材したり、シリアやヨルダン等へ出かけましたが、生活をする気になったのは、エジプトが初めてです。

全てが日本とは逆の価値観に溢れ、それらが私の傷ついた心を慰め、人間不信に陥りそうな危機を救ってくれました。

まず時間の観念がまるで違います。私達は夕方、車で30分ほどのギザのピラミッドへ出かけました。ピラミッドの麓《ふもと》の石に腰かけて夕涼みをしている人がいます。裸馬に乗って駆けまわる子供達、飾りつけたラクダのそばには、ピラミッドの観光客目当ての男性達。

そんな中ただ一人、ピラミッドに続く大砂漠に向かって旅に出ていくらしい老人。ロバの背に荷をくくりつけ、いったいどこへ行くのでしょうか。日中の暑さを避けて夜に旅をするのはわかりますが、いつどこへ着こうというのか。

日本ではいつどこへ着くかを決め、目的地から逆算して出発します。朝会社へ行くため1時間前に家を出て、そのためにさらに1時間前に起きて準備し朝食をすませる。

人の一生も、定年が60歳としてそこから逆算して家を建て、さらに逆算して結婚し子供を作る。文明国といわれる所に住む私達の時間は、未来を設定してそこから逆算するいわば逆算人生、これがほんとうの時間でしょうか。

砂漠に出ていく老人を見て、気付いたのです。彼等は今から未来へ向かっている。いつ着くかは神のみぞ知る「インシャアッラー」。

私はそこで初めて、時間は今から未来に向かうものだと知ったのでした。それまでの細切れの時間は、ほんとうの時間だったのだろうか。

エジプトでの暮らしで教わったのは、着いた時が着いた時、出来た時が出来た時。この時の経験が、3年も4年もかけて足で歩いて調べてノンフィクションを書くという仕事に挑戦させてくれたのです。

人生で大切なことはエジプトから学んだ

その他にも私達が忘れてしまった様々な知恵の宝庫がありました。イスラム教にはラマダンという行事があります。1年に1回1カ月間、日の昇っている間は飲食出来ない厳しいものです。昼間はみなぼんやりして仕事になりません。

ところが日が落ちるやいなや、日頃の何倍もの御馳走を作って食べ、夜中楽しむのです。家々も煌々《こうこう》とイルミネーションがついてお祭り騒ぎ。初めてラマダンという辛い行事が、今も続けられるわけがわかりました。

日の出から日没まで断食するので、その後の食事のなんとおいしくありがたいことか。旅人や通りすがりの人にもお裾分けし、神からの授かり物をいただく。信仰のための知恵でした。ラマダン明けはお正月のよう。甘い菓子を焼いて祝います。

私の家には（テレビ局の支局ですが）、ナジーラというメイドとモハムッドという運転手がいました。ナジーラは26歳だということでしたが頭のいいしっかり者で、料理上手。自分より年下と思っていた私の面倒をよく見てくれ、一緒に映画を見たり彼女の家へ行ったり。日本人は若く見えるので、私を20歳くらいと信じていたようです。

モハムッドは朴訥な人柄で、敬虔なイスラム教徒。1日5回の祈りは欠かしません。彼の家の前を通りかかった時、赤子を抱いて見せに来ました。

私は毎日この二人と接するうちに、人間不信が消えていくのを感じました。

素朴だけれど温かい心を持ったエジプトの庶民、そして私達が忘れてしまった価値観。ここでの半年間は充実していました。何年分にも相当するほどの実り多い日々。私の中に積み重なったものも何年分にも相当します。

ノンフィクションへの足がかり

60歳になった時、「お祝いしなきゃね」と周りからいわれました。

還暦になったということでしょう。還暦を改めて広辞苑で引いてみると、「六〇年で再び生まれた年の干支に還る」から、そういうのだそうです。

ここで一区切りをつけて、これから先はまた新しく生まれ変わるとも考えられます。

性格的に、祝いごとや行事などは好きではないのですが、その時だけは、私のやりたいことをやってみようと考えました。

エジプトから帰って以降方向性は見えてきていました。それまでの放送の仕事と物書きの仕事を両立させつつ、少しずつ活字の仕事を増やしていきました。

どこかで区切りをつけなければ、このままずるずるといってしまう。私の思惑と違って、世間的にはテレビの人間だと思われています。事実ＮＨＫで少し顔が売れていたからこそ、仕事も絶えることなくやってきて、なんとか食べていくことが出来るのです。しかし、どこかで区切りをつけなければ……。

エジプトの砂漠で旅に出る老人の姿を目にしてから、時間の感覚が変わりました。今から未来に向かって、原稿が出来た時が出来た時と、本格的に書くことに取り組んでいく。そのためにもっとも労力と時間を費やすノンフィクションに挑戦する。まず私の祖母の伝記を書くことにしました。

雪深い上越の地主の家の嫁として働き、遊び人で家に寄りつかない夫に代わって男の仕事を仕込まれ、さらに夫を失くし農地解放で何もなくなった後、縄をない、それを売って得たお金を町の教育基金として父母のいない子供達に寄附し、国から紺綬褒章《こんじゅほうしょう》などをいただいた、田舎のおばあちゃん。その人生を綴った『思へばこの世は仮の宿』（講談社）。タイトルには祖母の作った道歌の一節を取りました。

その祖母の家に来ていた瞽女《ごぜ》さん（目の見えない芸能者）が縁になり、出会った長岡瞽女の小林ハルさん。その女《ひと》の唄と人生に惚れ込んで4年かけて書いた『鋼の女　最後の瞽女・小林ハル』（集英社文庫）、その後に書いた『純愛――エセルと陸奥廣吉』（講談社）は明治の外務大臣・陸奥宗光の息子・廣吉の恋愛を描いたものですが、私はそこで書くことのたいへんさと喜びを知ったのでした。

活字の依頼は全て受けました。少しエッチな新聞やスワッピングの雑誌にも連載。全ては勉強だと思って、どんな小さなものでも断ったことはありません。

その結果が見えてきつつありました。自分の中で思いが結実していくことの楽しさを知ったのです。

私の年齢は60歳。文句ありますか

60歳からの私は、新しく生まれ変わって好きなことをやっていくと決心していました。そこで考えたのです。いっそ加齢はここまでで停止しようと。

そのために、区切りをつける。好きなこと……と考えた時、迷いなく出てきたのが歌でした。大々的に自分で企画・演出し、伴奏のピアノ以外は全部自分でやる。

私は中学高校時代、東京藝術大学出の先生について歌を習っていました。戦後漸《ようや》く落ち着いて、演奏会も開かれるようになった頃、私は藤原歌劇団の砂原美智子、大谷洌子《きよこ》といったプリマドンナに憧れていました。

鏡の前で、体にシーツを巻きつけたり、バラの花をくわえたりして「椿姫」「カルメン」などのアリアの真似をしていました。あの華やかな舞台で歌いたい……。憧れが募って学校の帰りに牛屋先生という女性の先生の門をたたいていました。

大学を選択する前に先生に相談すると、他の歌なら大丈夫だけれど、オペラだけは数千人を前にマイクなしで声が通らなければといわれて、やせて小さな私の体では無理だと悟り、全てをやめて聞く方にまわっていましたが、あの夢がもどってきました。

そうだ、歌のリサイタルをやろう！

歌の練習だけは趣味として、二期会オペラ歌手で藝大などでも教えている日比啓子さんのところで時々レッスンをしてもらい、発声練習の結果、オペラのアリアもなんとか歌いこなせるようになりました。

でも身のほどはわきまえて、オペラのアリアは7曲ほどシャンソンを歌った後、「マダム・バタフライ（蝶々夫人）」から「ある晴れた日に」と決めていました。あってもなくてもアンコールに歌おうと決めたのです。それから、その日を迎えるまでの楽しかったこと。やっぱり好きなことはいいものです。

60歳にかけて、60人を御招待するとして、今まで私を支えてくれた友人知人だけ厳選し、地方からも来てもらうことにしました。

場所は五反田のフレンチレストラン。知人のやっていた店で、音楽好きが高じてプロの声楽家や演奏家を招いてディナーショーを催していた所を一夜借り切ることに。ちょうど60人分のフルコースを今までの感謝を込めてみなさんに御馳走し、食べ終わって一服したところで、私の歌を聞いていただく。まずシャンソンを7曲、エディット・ピアフをはじめ仲のよかった岸洋子さんのよく歌っていた歌など。「群衆」や「回転木馬」は私の十八番でした。原点には古典落語の「寝床」がありました。

「寝床」は、義太夫を語るのが大好きな横町の御隠居さんがいて、みんなを集めて聞かせたいのですが、誰も聞きたがらない。そこで、御馳走で釣って長屋の衆などを集め、無理やり聞かせる。それをやってみたかったのです。

招待状には「寝床」をやりたいと書きましたから、もらった人は何のことかわからなかったかもしれません。

60歳ということはわかっていましたから、日本各地から親しい人々が集まってくれました。

司会ももちろん私本人。会の趣旨を説明し、各テーブルに着席してもらって、歓談しながら食事。ワインも私が吟味し、セレクト。各テーブルをまわって一人ひとりとお喋りします。

デザートをはさんで、一休みした後、いよいよリサイタルの始まりです。

逆ではないかって？　確かに普通のディナーショーでは歌を聞いた後、食事が定番かもしれません。

それを逆にして食事を先にしたのにはわけがあります。そう「寝床」ですから、先においしいものを食べていただくと、御招待ですから、逃げるわけにはいかないでしょう。

我慢してでも歌を聞かないわけにはいかない。ピアノはシャンソンを教えてもいた小泉源兵衛さんというレジェンド。よく永六輔さんの伴奏などをしていたピアノの名手でしたが、亡くなってしまい残念です。

構成も自分ですから、適当にアドリブを入れながら、無事7曲歌い終えました。そこで、あってもなくてもアンコール。もちろん、ありましたよ。いざという時のために、サクラも仕込んでありましたから。観客には仕事の関係者（編集者やテレビ関係者）、あとはプライベートな友人知人。私の仕事を裏方で支えてくれる人々ももちろんいます。

盛大な？　アンコールに応えて、いよいよ「マダム・バタフライ」から「ある晴れた日に」。

本格的に歌うと結構長く、高音域からセリフのようなものまで、それらしくやって本人は大満足でした。お客様はどう思ったか、などというのは野暮な質問です。私が気持ちよければいいのです。間違いなくフランス料理はおいしかったはずです。

その証拠に誰も逃げ出しませんでしたから。

「ある晴れた日に」はクラシックなので、ピアニストは武蔵野音大出の橘美和子さん。それまでにも様々な場面で私を助けてくれた人です。

みなさんにお礼の挨拶をして、無事終了。

この日のための予算は積み立ててありました。

ただ一つ残念だったのは、いささかあがったことです。私は人前で喋ったり朗読したりしてもほとんどあがったことがないのですが、歌は別物だと悟りました。カラオケでも演歌からオペラまで歌いますが、やっぱり舞台は違うのですね。

つれあいは聞きたくないといって、歌の間はどこかへ行ってしまいましたが、正解だったかもしれません。

すっきりしました。ともかくこれで私の60年とはバイバイです。私に年齢はなくなりました。

ここが再スタート、もう一度ゼロ歳から積み上げていくことが出来るのです。ゼロ歳というと今までの人生を否定することになるので、私の年齢は60歳で終わりとしましょう。

ここから先は、何年経っても60歳。実年齢をつきつけられても、それは他人から見た年齢に過ぎず、私の年齢は私自身が決めます。文句ありますか。

60歳で人生を始めた私は22歳でもある

黒田杏子《ももこ》さんから「藍生《あおい》」の最新号が送られてきました。

昨年亡くなった俳人の金子兜太《とうた》さんをしのぶ催しで声をかけていただき、親しくさせていただいています。

その「藍生」の中に瀬戸内寂聴さんのことが書かれていました。ある日寂庵に黒田さんが電話をしたところ、寂聴さん自らおっしゃったそうです。

「ああ杏子さん。私、今日45歳になったわ」

法臘《ほうろう》45歳、剃髪《ていはつ》されて45年経ったということでしょう。ということは実年齢96歳から差し引いてみると、50歳の頃、剃髪されたということになります。

5月15日が誕生日だそうですから、ちょうどその日に黒田さんは、それとは知らず電話をされたのでしょう。

45年前のその日については、私の頭の隅にかすかな記憶があります。

その日、私は、テレビ朝日のモーニングショーのスタジオにいました。原稿用紙数枚の自筆の文字を、一言一句間違えずに伝えられるか。淡々と、しかも確実に、言葉の奥に秘められた思いを伝えられるかと、緊張していました。

時間が来て、合図の赤ランプと共に、私の声がマイクに乗って全国に流れました。

それは寂聴さんが、瀬戸内晴美というペンネーム兼俗名を捨てて、寂聴という名の尼になられた日でした。

数日前、私は番組のプロデューサーである小田久栄門さんに呼ばれて、寂聴さんの文章を読むことを命じられたのでした。

寂聴さんとは、モーニングショーの「女の学校」で御一緒していましたが、思いがけぬ内容を明かされ、その使命の大きさに慄《おのの》きました。そこには、剃髪に至った寂聴さんの深い思いが記されていたのです。初めて世間に明らかにされたのは、私の朗読によってだったと思います。寂聴さんは日頃から近しい小田さんに託され、小田さんが放送局育ちの私にその大役を任せたのでしょう。

ひょっとしたら寂聴さんは、それが私の声だったことをお忘れかもしれませんが、私にとっては忘れられない出来事でした。その日からマスコミが大騒ぎになったことはいうまでもありません。

いわば、50歳で寂聴さんは御自分の人生に一区切りつけられたのでしょう。

仏様に仕える日々を重ねて、昨年45歳になられたわけですから、実年齢96歳と書くのはどうなのか、寂聴さん自身の感想を聞いてみたいところです。

黒田さんに告げられた45歳こそ、寂聴さんが自分で決めた年齢であることは間違いありません。

このように人はどこかで自分の人生をリセットして、自分のほんとうの年齢を生き始めるのではないでしょうか。

寂聴さんのような大きな決断は出来ないまでも、私は、私としての年齢を60歳で一区切りつけた後、再び生き始めた気がします。そこからがほんとうの人生なのです。

年齢を気にしているひまはない

大失恋と仕事の不運が重なった30代、それはみな私が呼び寄せたものでした。

いくら惚れていたからといって、自分で決めずに、他人の意見に従ってしまったのですから、自分に返ってくることは当たり前でした。

私にも、そんなかわいらしい時があってよかったという気もしているのですが……。

二度と他人の意見で決めないと悟ったことは収穫でした。

そして、次の選択の時期がひたひたと迫っていました。私にはそれが勘でわかるのです。何かがやってくる。今まで経験したことのないとんでもないことが！

それはやがて姿を現しました。青天の霹靂《へきれき》とはこのことです。日本自転車振興会（のち、公益財団法人ＪＫＡ）という経済産業省所管の特殊法人の会長になるという話でした。最初はとんでもないと断りましたが、女性には滅多にないチャンス。

競輪から上がってきたお金を福祉や文化にいかに使うかという仕事。なかなか組織の人間（男性）を書けなかった私にとって、それを知るための絶好の機会。自転車にも乗れないのに、自分で決断して引き受けました。

私にとって大きな転機になることはわかっていました。覚悟を持って物を書いていくために、内向きの性格を積極的に外向きに。生意気にもそう考えて、全く知らない組織に6年間身を置きました。

1年間は周りを見るためにじっと息を潜め、2年目からは人事にまで手をつけ、何もしない組織から、新しいことをやる組織へ。CMなどPRの方法を変え、ガールズケイリンをあらたに作り、2020年の東京オリンピックで使うことになった250メートル板張りバンクのベロドロームを修善寺に建て、3期6年で物書きにもどりました。

もちろんその最中も「週刊文春」にコラムを持ち、「新潮45」に対談ページを持ち、『持たない暮らし』(KADOKAWA)の文庫がベストセラーの仲間入りもしましたが……。

やがて物書きにもどろうという時、私の中にはそれまでの書けないストレスが溜まりに溜まっていました。出版社からオファーが来た時の喜びといったらなくて、それまでつきあいの全くなかった幻冬舎から出した『家族という病』がまたたく間にベストセラーになり、その後『極上の孤独』も。

それまでは、きれいごとばかりしか書いていなかったのではないか。自分をさらす勇気と覚悟を持つことは出来ていたのか。

『家族という病』以降の私の書き方は、外から情報を集めるのではなく、自分の中を深く深く「なぜ、なぜ」と問いかけながら掘り下げていくようになったのです。そうやって読者とつながることが出来ると知りました。

私に再び選択の機会と跳ぶ勇気を与えてくれた運命に感謝です。

こうして私の60歳で区切った後の人生が始まり、なんとか順調に育ってきました。

人生100年時代、あと20年あれば、なんとか結果はついてくるでしょう。真面目に仕事とプライベートに取り組み、しっかりと楽しんでいけば。そして自分を愛し、慈しむことを忘れなければ……。

心身に耳を澄ますと、死に時がわかる

物集高量《もずめたかかず》という国文学者がいました。辞書の編纂《へんさん》という気の遠くなるような仕事で死ぬまで働き続けました。

菊池寛と近しい関係にあり、私の友人の矢崎泰久さんの伯父にあたる人でもありました。

破天荒な人生を送り、実年齢106歳という長寿でしたが、最後まで頭ははっきりしていました。

代々辞書の編纂に携わる家柄でしたが、70歳を過ぎてかさんだ借金のために生活保護を受けることに……。

100歳を過ぎて「徹子の部屋」などに出演してその話をしていましたが、面白さは天下一品。長寿の秘訣について「正直に生きないこと」「恋が一番。若い女性に興味を持ち続けること」と話していました。

106歳で老衰で死去する前日、若い看護師さんのスカートの中に手を入れ、看護師長から叱られたというエピソードもあります。

100歳の時、『百歳は折り返し点』（日本出版社）を上梓し、200歳まで生きるつもりで、33人目の恋人と恋愛中というお話でした。

その物集さんに私がインタビューする機会がやってきました。健康雑誌だったと思います。しもたやに一人でお住まいで、表札には矢崎泰久とあったところを見ると、矢崎さんの持家にずっと居候をしているようでした。

夏でしたが、こたつに足を突っ込んでいて、食事などどうするかと伺うと、こたつの上の黒電話を指して、

「これをかけると持ってくるんですよ」

多分店屋物を取ったり、秘書の女性やお手伝いさんが作るのか、ともかくその時も若い女性に囲まれて上機嫌でした。

一通り話が進んで、帰り際に「いつまでもお元気で」というと、

「えぇ、えぇ、忙しくて死ぬひまもありません」とのこと。思わず握手をしておいとましました。足が不自由なこと以外、悪いところは見

当たらず、ユーモアたっぷりの会話など実に可愛い方でした。

若い女性に囲まれていることが若くいられる秘訣とは、私も全く同感です。

私も若い編集者の男性達と仕事でつきあっていることが元気の素《もと》なので、よくわかります。

インタビュー時は確か103歳。その後106歳近くになって道路でころんで入院し、最後まで若い看護師さんに囲まれながらの大往生。頭は最期まではっきりしていたそうです。

新聞で物集さんの死亡記事を見た時、「あーあ、死ぬひまがお出来になった」とがっかりしたのを憶えています。

100歳は折返し地点、なるほど、物集さんは折り返して6年、6

歳で亡くなったことになります。

様々な死に方はありますが、その人その人違っていいし、私は子供の頃弱かったので夭折《ようせつ》といって若死にするに違いないと思ったのが、今まで生きてこられました。後は1年でも1日でも長く生きるしかないと思っています。


作家の宇野千代さんは、実年齢98歳まで生きられました。

若い頃の小説家や画家との様々な恋愛でも有名ですが、『おはん』で野間文芸賞や女流文学者賞を受賞。晩年の新聞連載「生きて行く私」は私も楽しみに読んでいましたが、その中で囁《ささや》かれた言葉が「私、死なないいんじゃないかしら」。

なんとなくわかる気がします。

自分の寿命というのは誰にもわからない、だからこそ死ぬまで生きていられるのだと思うのです。最後までおめでたく生きられればいいなとは思いますが、死の予感はあるのでしょうか。

私の母は、81歳で亡くなりました。

脳梗塞で救急車で運ばれ、1週間で意識がなくなり、そのまま息を引き取りましたが、入院する時に私にいいました。

「これが最後になるかもしれない。そんな気がするのよ」

自分の心と体に耳を澄ましていると、もしかしたら、その時がわかるのかもしれません。そんな予感を大切にしたいと思います。

「昔の人」といわれる覚えはない！

様々な方からインタビューされる機会がありますが、インタビュアーは編集者のこともライターのこともあります。私はインタビューをするのが好きですが、されるのも好きで、それはインタビュアーの人柄がわかって面白いからです。

インタビューが終わりに近づいたところで、気がゆるんだのか、あるライターの女性がいいました。

「昔の人はそう思うんですね」

「え？　昔の人って誰のこと。ひょっとして私？」と思って驚きました。

面と向かって昔の人とは、どういうことか。現代に生きて、社会問題に対する批判や意見も述べているし、そのために勉強もしています。特にニュースやドキュメンタリーなどには目配りし、意見を求められれば即座に自分なりに意見をまとめ、お話しします。決して昔の人ではありません。

無神経な反応しか出来ないそのライターは、よほどデリカシーがないと見えます。

私はかつて放送の仕事をしていた関係で、その場で判断し自分の考えを整理して当意即妙に返事をすることには馴れています。昔から勘は悪くはない方ですが、最近になってその勘が冴えてきたと本人は思っています。

老いは、反応によって決まるところがあります。即座に反応出来るのが必ずしもいいことではなく、よく吟味して考えてから返事をすることが大事な場面もありますが、私の場合は即座に判断出来なくなったら、衰えの証拠といえるかもしれません。自分で自分をよく観察していれば、わかります。

目は近眼と乱視で、遠くを見るには眼鏡が必要ですが、近くを見るには眼鏡をかけなくても、本を読むには何の苦労もありません。テレビやラジオの音もふつうに聞こえるし、聴覚にも不自由はないのです。

いずれにせよ、老いたと自分で思うことはないですし、気配りも出来ずに面と向かって「昔の人は」という女性ライターより、私の方がはるかに頭の回転が速いことをここに申し上げておきます。

80歳が20歳になる粋な考え方

区役所や銀行などで本人確認をする場合、必ず、名前と生年月日を聞かれます。最近ではマイナンバーを聞かれたり、書かされたりする場合がありますが、「私はマイナンバーは使いません」といって断ります。マイナンバーカードはもらっても、使うか使わないかは本人の意思。私は番号などつけられることが好きではないので、「使いません」といって断ることにしています。それで何の支障もありません。

生年月日によって、実年齢が決まります。一般的には、その年の生まれた日が来ると、一つ年を取ることになっています。これが満年齢です。

日本などいわゆる先進国では出生届を出すと、その年月日が生年月日になるのですが、様々な理由でわざとずらして出生届を出す例もあるようで、そうすると、生年月日が正しいかどうかという問題になってきます。

さらに日本には数え年というのがあって、新年を迎えると一つ年を取ることになります。暦や占いはそれをもとになされる場合もあり、さらに十二支というのがあって、今年は何年《なにどし》だの、年男、年女だのとややこしいこと、この上ありません。

ちなみに私の生年月日は、１９３６年（昭和11年）５月29日、干支は子《ね》です。

日本では自分の生年月日を暗記している人は多いのですが、国によっては生年月日や年齢を重要だと思わない国も多いそうです。

季節がはっきりしていない国、例えば熱帯にある国などでは生年月日をはっきりさせていない場合もあります。

中近東諸国や開発途上国など戸籍制度がはっきりしていない所では、パスポートなどに記載する生年月日は任意とされる所もあるそうです。

遊牧の民はもともとカレンダーを持っておらず、何月何日であるかきちんと把握せずに暮らしているために、誕生日や記念日を祝うという習慣がないといいます。

私がエジプトに半年暮らしていた時に出会った現地の人の中には、年齢を聞いてもはっきりしない人も多く、そのことが永遠の時の中に生きていると感じさせられました。

細切れの時間で生きていた私には羨ましくさえありました。

エジプトには巨大な遺跡がいくつもあります。ピラミッドなどあんなに巨大なものは、何月何日までに完成しろといわれても出来るものではありません。

何代ものファラオ（王）が引き継ぎ、完成したのです。

そういえば、断食月を決めるのも、毎夜の月の満ち欠けをながめて「この日から」と決めるのでギリギリになるまでわからず、断食明けも同様だそうです。

カレンダーなどという人工的なものに支配されているより、自然を利用して自然の中で年を刻む、そんなのどかな考え方があってもいいと思いました。

日本の現行法では「年齢は暦に従って計算する」とありますが、１日くり上げたりくり下げる例もあるとか。

法的には満年齢が加算されるのは誕生日の前日なのだそうで、４月１日生まれの満５歳の子供は、３月31日に満６歳になるのだといいます。

１月～３月末までに生まれた子供は早生まれといって、同じ年に生まれた子供より１年早く小学校へ入学しますが、４月１日生まれの子も１年度早くなる計算になります。

誕生日の祝い方は様々で、地方によっても様々な行事がありますが、近年では欧米式が日本でも普及し、ケーキに年の数だけローソクを立て、ハッピバースデーなどを歌い終わると、いっせいに吹き消すなどの習慣が一般的になっています。

これを私流に解釈すると、いっせいに年の数だけのローソクを吹き消して、ゼロ歳としてまた新しい1年を始める、ということになります。

皆さんもこのように考えてはいかがでしょうか。

前にもふれた兼高かおるさんは、80歳で成人式を迎えられたのだそうです。

「私は、1928年2月29日生まれです。閏《うるう》日なので4年に1回しか誕生日が来ません。ですから、今はちょうど20歳です」

そのお祝いの会に行った男性から聞いた話です。

すばらしい！　4年に1回の誕生日だなんて。だからこそ最後まで美しく、いつも若い男性がエスコートしていた。それが実によく似合っていたのです。

「平年の場合、閏年の2月29日に生まれた者には誕生日は存在しない」とスマホで調べたら書いてありました。

いいですね、4年に1回。しかし無粋な法律では、平年の誕生日を無理やりあてはめて、みなし誕生日とするそうです。

兼高さんも2月28日が誕生日になっています。

亡くなった後「偲ぶ会」は2月28日に行いました。

会合の参加者が一人二人と減っていく

私はといえば、60歳で派手にイベントをやった後は一切お祝いをしていません。古希も喜寿も傘寿も、60歳以降、年齢は重ねていないのですから、お祝いなどする必要がないのです。

それでも友人知人から電話が来たり、お花が届いたり、年の数だけバラの花を贈ってくれた知人もいましたが、さすがにその数は増える一方なので、60本以上はお断りしています。

その知人は、義母が80歳の時、80本のバラを贈ってくれました。

誕生日には毎年欠かさずに電話をくれる女性、秘かにメールをくれる男性もおり、ありがたいとは思うものの、忘れていた年齢を思い出さざるを得ません。

わが家では出来るだけさり気なく過ごすために特別なことはしません。いつも通りに日が過ぎていく方が私は好きです。

ところが、そうもいかない事態が起きました。

同い年で誕生日の近い人が句会に同席していました。40年以上続けている「話の特集句会」には私と同年の男性が二人いました。一人はイラストレーターの和田誠さん、そしてもう一人は残念ながら亡くなってしまいましたが、やはりイラストレーターの山下勇三さん。

ある朝突然、山下さんの訃報が届きました。人一倍元気そうだっただけに驚きました。渋谷の事務所に伺うと、先刻まで仕事をしていたかのように椅子が置かれていました。

和田さんは4月生まれ、山下勇三さんと私は1日しか誕生日が違わなかったのです。山下さんが5月30日、私が5月29日で、その前後に句会があると、みんなが二人分祝ってくれました。こんな時はへそまがりの私も、なんだか嬉しくなります。

一昨年の5月29日は、偶然その日が句会でした。珍しく、六文銭の小室等さんが参加されて、私の誕生日だと気付いた書記さんが、庭の花を小さな花束にして、みんなで「ハッピバースデー」を歌ってくれました。

私の前の席が小室さんで、目の前で聞くその声にうっとり。なんという艶のある響きでしょう。なによりのプレゼントになりました。

その句会もこの10年近く、句友の中で亡くなる人が続出しました。山下勇三さん、小沢昭一さん、斎藤晴彦さん……と続き、病気の人も増え、人数があっという間に減ってしまいました。

もう一つ時々ゲストとして参加している東京やなぎ句会でも、永六輔さん、小沢昭一さん、加藤武さん、桂米朝さんとたて続けに亡くなって、すっかり淋しくなりました。

最初から参加しているのは、柳家小三治さん、矢野誠一さんの二人になってしまって、女人禁制だったのが、女性も3人参加するようになり、私は相変わらずゲストで時折参加しています。

亡くなった句友に一句たむける習慣も、亡くなる人の数が増えるに従って追いつかなくなってきました。

男性諸君は〝くっつきゴミ〟にならぬよう

服装にも気を遣わず、自分から何をするでもなく、奥さんについて歩く、年取った男性達の汚いこと。粗大ゴミならぬ、くっつきゴミほど手に負えないものはありません。自慢はといえば、かつての役職ばかり。

昔の名刺を持ち歩き、そこにはかつての部長やら局長やらの肩書きが記されている。今でも誇りなのでしょうか。

そんな名刺をパーティなどで渡されると、ゾッとします。そういう人には肩書きしか誇れるものはないのでしょうか。

名刺は名前と電話番号とメールアドレスだけにし、個人としての存在をアピールする方がどんなにか堂々として美しいか。

もっと潔く生きましょうよ。

年を重ねたら自分の顔を取り返し、かつての少年の頃の輝きを取りもどしましょう。その気になれば、いくらでも出来ます。ヒントは、少年の頃好きだったもの、列車でも、剣玉でも何でもいいので、もう一度夢中になってみませんか。そうすれば、クラス会等に出かけて、かつて心ときめかせた相手と再会しても、がっかりされることはありません。ひょっとして焼けぼっくいに火がつくかも……。

年を気にしないことは大切ですが、自分で気にしないだけでは、他人に迷惑をかけることもあります。客観的に自分を眺め、他人に迷惑をかけていないかどうかを常に意識しておくことも大切です。

自分だけいい気になって若いと思っていても、それが老害につながることが多々あります。

まず電話からチェックしてみましょう。高齢者の電話は、えてして自分勝手で、いいたいことだけいうと勝手に切ってしまう例がとても多いようです。

これは教養のあるなしにかかわらず、自分のいいたいことをいい終わると、相手がまだ喋ることがあるのを察知せず、勝手にガチャン！スマホの場合はツーと切れてしまう。

「あの……」といいかけても、もう聞こえてはいないのでしょう。むなしく不通音が続きます。

何度そうした目に遭ったでしょう。悲しく淋しく、急に心が通じ合わなくなった気がしてきます。通じ合わないだけでなく、拒絶された思いを抱きます。

多分年を重ねるとどこかで持ち時間が減った気がして、本能的に気がせいているのかもしれません。そうした傾向を自覚して、出来るだけおっとりゆったり、鷹揚《おうよう》に構えることも礼儀なのです。

話が長い老人は嫌われる

電話で誰かと話す時には、自分は常に聞き役にまわるくらいの意識でちょうどいいのではないかと思います。

などといっていますが、私も自分の都合で切っていないとは断言出来ません。無意識にやっていないか、そのために私が心がけていることがあります。

話し終わると、必ず1、2、3と三つ数えてから切ることにしています。もし向こうがさらにいいたいことがあれば雰囲気で察することが出来ますし、話をする間を与えることも可能です。

一方的に切るという失礼や拒絶感を予防出来るので、なかなかいい方法です。

ついでに電話でいうと長電話はしません。私は必要なことしかいわないので愛想がないくらいですが、人によっては必要なこと以外に話題があちらに飛びこちらに飛び、際限なく続きます。

長話の人の特徴は、無駄な言葉が多いことです。女性の中には世間話が大切だと思っている人が多いようですが、物事は大切なことほど単刀直入にいうに限るのです。まわりくどい話は、相手をいらいらさせてしまいます。

最近はメールで会話することも多くなりました。ＬＩＮＥですぐつながる方法もありますし、かえって電話より活字にする分、考える時間があるので便利です。ただメールだと時と場所を選ばないだけに、延々と続くこともあるので御用心。

もう一つ気をつけるべきは、日頃の会話やスピーチです。一人の人の話がいつまで経っても終わらず、他の人の時間にくい込んでしまう例など数知れません。

普段の会話なら、一方的に話すのはどんなに長くても3分以内に。その後は一度会話を相手に渡して、自分の番がまわってくれば、また話せばいいのです。

会合でのスピーチも3分が目安です。それ以上になると、聞いている人の注意が散漫になります。

年を重ねても実に見事だったのが、歌人の斎藤茂吉の長男で精神科医の斎藤茂太さん。一言だけのユーモア溢れる挨拶は、ほんとうにお見事でした。

逆に、困ってしまうのが「一人3分で」といっても、10分も20分も喋りまくる、全く時間感覚のない人です。それも意外なことに、喋るのが職業だった人に多いのです。

アナウンサーなど秒単位の時間がわかっているはずなのに、挨拶を頼むと、ここぞとばかりに話し続けます。定年になって喋る場所がなくなり、たまに機会が訪れると、ついいい気になって喋るのかもしれません。

優秀だった大先輩のアナウンサーのそうした姿を見ると、悲しくなります。昔のようにストップウォッチでも猫の鈴のかわりにつけていただきましょうか。

若く見せようとするのは怪我のもと

インタビューをしたり、読んだりしていて気がつくことがあります。いかに売れていようと人気があろうと、大半の若い人の話は底が知れて面白くありません。

年齢を重ね、それなりに自分の道を歩いてきた人の話には、必ず呻《うな》らされる部分があります。その人の内的なキャリアがあればこそ感動するのです。

作家の五木寛之さんは「下り坂の思想」ということを書いています。人生には青春、朱夏、白秋、玄冬の四つの時期があり、また上り坂と下り坂があり、難しいのは下り坂であるといいます。自分の体力、気力と相談して、いかに無理せず上手に下るか。

私は若い頃、脚が丈夫でした。散歩が好きで子供の頃からフラフラと見知らぬ町を歩き、川沿いをどこまでも歩いたり、行きと帰りは絶対同じ道を通らないなど、足の向くまま気の向くまま歩いているうちに、すっかり丈夫になったようです。

48歳からクラシックバレエをやったのも効果がありました。高校生の部活でバレエ部に所属していましたが、正式に習ったことはなく、48歳になって、というか50歳近くなって体を動かすことで好きなことはと考えてみたら、バレエが出てきたのです。

小さな教室で子供達と一緒に始めて、青山の松山バレエ学校に通い、バーレッスンからフロアレッスンの2時間を60歳までこなしました。夏の五反田・ゆうぽうとでの発表会、つけ睫毛に厚化粧、チュチュを着て踊ったこともありました。少女の頃にもどったようで楽しかった。おかげで背筋は今もピンと伸びていますし、体も柔らかく、48歳というちょうど衰え始める頃に鍛えておいたのが役に立ったという気がします。

あまり難しい山は登りませんが、山登りも身軽なのでヒョイヒョイと先頭を切って登るのが好きでした。そのかわり下るのが苦手。登る時は追いこしていくのですが、下る時はいつも追いこされる。下り方が下手なのです。

ある時、山形県と秋田県にまたがる鳥海山に登りたいと斎藤茂太さんにいわれ、登りました。地元の町長以下、若者が茂太さんのお尻を押し、前から手を引き、ようやく半分くらいまで来た時、茂太さんが一言。

「ここを頂上と決めました」

雪渓《せっけい》と雪どけ水の溜まった池の畔《ほとり》で食事をすることになりました。

この時も私は一番乗りで茂太さんの到着を待って、地元の人が運んだ芋煮やたけのこ、ササニシキのおにぎりなど御馳走を食べ、お茶会が始まりました。

なんと野点《のだて》のための道具も用意されていたのでした。

雪渓のお茶会に来る赤とんぼ　　郭公《かっこう》（私の俳号）

赤とんぼがいたのですから、秋の入口だったでしょうか。

楽しいお茶会が終わって、頂上を目指す人々を尻目に、我々は下山です。なにしろそこを頂上と決めたのですから、あとは下るしかありません。

いざという時のために茂太さん用にヘリコプターも用意されていましたが、見事に人手を借りずに下られました。

私はというと、登りのがんばりが響いて、下りはガクガクする脚を抱えて、やっと下り切ることが出来ました。

その時、自覚したのです。下りは大事だと。これからは下りを大事にしなければ長持ちしないと。一歩一歩踏みしめて下らなければ。

確かに年を重ねてくると、下りが苦手になります。上りはしんどくはあっても、地下鉄の階段なども手すりなしで上り切れますが、下る時は必ず手すりをしっかり握っています。

雨の日でした。私の住む東京・広尾のマンション前の坂を下り、地下鉄に乗るために階段を降りている最中、ぬれた階段をするすると滑り落ちてしまいました。

周りの人々が「大丈夫ですか」と声をかけてくれましたが、急いでいたので、そのまま地下鉄に乗りました。大事には至らずにすみましたが、それからは下りの階段では手すりを手放せません。若く見せようなんて無理しても、「下山」の時に、骨折でもしては困りますから。

第三章 年齢を超越するということ

「青春とは心の持ち方を指すもの」

私には82歳という自覚がありません。確かに毎年誕生日も来ますし、年を確実に重ねていますが、その感覚がまるでありません。なんとおめでたいといわれそうですが、実際おめでたいのです。いつだって。

物事は悪い方へ考えないし、いい方へ考えるようにしていると、なぜか好転していきます。悪い方へ悪い方へと考えていると、そちらの方向に全てが転がっていきます。考えを司っているのは自分自身なのですから。自分がどう思うか、どう考えるかによって、よくも悪くもなっていく。その意味ではおめでたい方がいいのです。そこには、なるようにしかならないという諦観も含まれています。

これから実年齢は上がる一方ですが、私の中ではもう一つ主観年齢があって、自分でその時、いくつと決めれば、それが私の年齢です。そのことには誰も文句はいわないでしょう。誰にも迷惑はかけないはずですから。

不思議なことに、私はこれまでの人生の中で、今が一番頭も体も冴えていると感じています。判断力も決断力も、今が一番よくなってきたと自信を持って思うのです。

集中力もあり、隣に人がいても平気で原稿を書くことが出来ます。人の話し声は気になりますが、音楽などはかえってあった方がいい……。たいていはオペラをはじめ何らかのクラシックをBGMに仕事をしています。無音の方が不気味で落ち着きません。言葉の意味がわからない方がいいので、外国語のオペラなどがちょうどいい。

今も仕事場のＮＨＫ－ＦＭでチマローザの「秘密の結婚」という珍しいオペラを聞いています。

若い頃からあまり周りが気にならず、パチンコ屋の騒音の中で原稿を書くことも出来ました。手書きを頑固に守っていますから、ペンか鉛筆と紙と頭さえあれば、どこでも書ける。

82歳を実年齢と呼ぶのもやめたいと思います。戸籍上の年齢でしかなく、実感があるわけではないのですから。

誰かから実年齢についていわれたら、反論するのは面倒なので、柳に風と受け流しましょう。そして心の中で呟く。

「そうよ、周りはそういうわね。でも私の中では60歳よ。頭も体も」

と。

日本の昔話に、1杯飲むたびに1歳若くなるお酒があるという話があった気がするのですが、お酒の力を借りずとも、自分の心持ち一つで、いくらでも若くなることは可能なのです。

「青春とは人生のある期間を指すのではなく、心の持ち方を指すものである」

「人は信念と共に若く、疑惑と共に老いる」

サミュエル・ウルマンのこの詩は特に日本の経済人に愛されているといいますが、もとはといえば、戦後日本にパイプ片手に降りたったマッカーサー元帥の執務室にかけられていたものだといいます。

日本人の応援歌のようになっているこの詩を、もう一度思い出してみましょう。

客観年齢にしばられることはないのです。

そうすれば、「年がいもなく」「年相応に」「もう年だから」などという言葉は出てこないはずです。

外見の若さを求め続けると、いつか破綻する

信念を持っている人はいつだって若く、疑惑を持ち始めたら老いるというのは、その通りだと思います。

「青春まっただ中」と無理をする必要はないのです。心の声に従ってやりたいことをやり、生きたいように生き、自分を大切にすることが青春なのです。

中国でいう「朱夏」「白秋」、どれもいい言葉です。親類に「朱夏」という名の少女がいます。アヤカと読ませているのですが、私はいつも「朱夏《しゅか》ちゃん」としか呼ばないのです。

あなたの青春はいつでしたか。いやいや過去形ではないはずですね。今が青春と思える人は幸せです。

私は肉体的にはともかく、精神的には20代、30代の頃より、今がずっと青春に近い気がします。

なぜなら、いわゆる青春時代は悩みと出口なしの憂鬱にすっぽり覆われて楽しくなかったからです。いつも鎧《よろい》を着ていて、本物の自分を隠すことに疲れ果てていました。

今は鎧の下の裸の自分をさらけ出すことに、ためらいはありません。

自分を表現することが楽しくて仕方がない。その日その日が青春とはいわないまでも、生きている実感があります。

そのことに私はほんとうに感謝しています。長い長いトンネルを出るまでの毎日の辛さ、苦しさ、そこから逃げずに自分で判断し、行動してきた結果だと思えます。

これから先はまだわかりませんが、今生きているこの時間を精一杯生きたい。いやなことも、目をそむけたり逃げ出したりせずに、自分のこととしてとらえたい。

『若きウェルテルの悩み』を書いたドイツの詩人ヨハン・ウォルフガング・フォン・ゲーテの代表作に『ファウスト』があります。第1部と第2部に分かれていますが、よく知られているのは第1部で、オペラにもなっています。

常に向上心を失わないファウスト博士、錬金術や占星術の権威でもある彼の魂を悪の道へ引きずり込めるかどうかを神と賭けをした悪魔メフィストフェレスは、死後の魂の服従を条件に、青春を博士に取りもどさせ、人生のあらゆる快楽や悲哀を体験させる契約を交《か》わす。

そして青年に姿を変えたファウスト博士は、素朴で清らかな少女グレートヒェンと恋に落ちて、彼女の体には小さな命が宿ります。

ファウストは、二人の逢瀬を心配し邪魔をする母親を毒殺し、彼女の兄も決闘の末に殺してしまい、魔女の祭典ワルプルギスの夜に参加してもどってくると、グレートヒェンは赤子殺しの罪で逮捕され、その後処刑されてしまう。悪魔に魂を売ったファウスト博士は悲しみにくれるが、もはや手遅れ。そんな俗世の欲にまみれていく彼を救ってくれたのは、天国に召されたグレートヒェンの祈りでした。

この物語をもとに様々な作曲家がオペラを書いていますが、もっとも有名なものにシャルル・グノー作曲の「ファウスト」、そしてリヒャルト・ワーグナー作曲の「ファウスト序曲」があります。

私は少女の頃にグノーのオペラ「ファウスト」を見て感激しましたが、今になって考えてみると、あの作品は、若さと老いをテーマにした壮大な物語であったことに気付きます。

誰もが若さを求めますが、その若さとは何なのか。快楽と悲哀がないまぜになった、悩みそのもの。

若さとはお金では買えないものです。悪魔に魂を売るという代償を払ってもなお、手に入らぬものだとしたら、今の自分の中にそれを求めるしかないでしょう。

ファウスト博士が求めたものは、目の前の快楽に彩られた若さでしかなかったのです。それが様々な悲劇を生み、多くの犠牲を払うことになってしまう。

結局欲望は満たされることはなく、清らかな魂のみがファウスト博士を救ってくれました。

彼の見た幻影は何だったのでしょうか。求めていたものは何だったのでしょうか。

外見の若さではなく内面の若さを見つけることが出来なかったファウスト博士の物語は、多くのことを示唆していると思うのです。

私自身に置きかえてみますと、若さとは、様々なCMで強調される美容のための品々やサプリメントでもなく、ましてや美容整形でもありません。

私自身は若い頃からパーマをかけたことはなく、少し前髪の色を抜いてアクセントをつけるなどして髪を染めてはいますが、最近はやりのグレーヘアーは似合わないので同調はしません。おしゃれには極力気を遣っていますが、清潔とシンプルが基本です。

外見の若さに頼る時代は終わりました。

後は内面を磨いて自分の思考を深めていくことが、ひょっとしたら滲み出る若さにつながるかもしれない。くれぐれも悪魔（メフィストフェレス）の誘惑に乗って魂を売り渡すことがないように気をつけたいものです。

今日という日が人生で一番若い

「牡丹散る今日一日を生ききって」

毎年、寒見舞を送る中で出来た句です。私のところには、島根県の大根島から見事なピンクの牡丹が送られてきます。お正月、玄関に飾ったその花を見て冒頭の句が浮かんだのです。

今日という日が一番若い。散るまで見事に咲き切りたい。そう思うのです。

ちなみに私は与謝蕪村の句が好きです。完成度の高い松尾芭蕉より、ひょっとすると好きかもしれません。その蕪村の句で大好きなのが、

「牡丹散りて打かさなりぬ二三片」

そのように私もさり気なくいたいのです。


だいたい9年か10年ごとに訪れていた転機が、最近は周期が短くなって、5年あるいは3年ということが多くなってきました。

先の時間が少なくなってきたからかもしれません。

年齢は重ねない、年齢は自分で決めるということと矛盾しているようですが、やはり現実と向き合う必要はあります。

現実は現実として客観年齢を認めるとして、それに負けない主観年齢を持っていたいと思うのです。

5年に1回、身のまわりを見わたす。3年に1回は体を気にかける。

といっても、どこかに支障があった場合に限ります。

身のまわりを見わたすとは、身辺整理と受け取られるかもしれませんが、私の場合は断捨離という考えはなく、思い入れのあるものは大切にして捨てない。そのかわり不必要なものは一切買わないという主義なので、捨てるより、何か他のことに使えないかと考えるのが好きです。

思いがけない方法を思いつくと、嬉しくて仕方ありません。

わが家のお手伝いさんは、私に輪をかけて物を大事にする人で、なんとか使い道を考えて、置場のない洋服を１００円ショップで買った小物で工夫して、見た目に美しく部屋の片隅にかけてくれたり、アルマーニのおしゃれな袋を利用してアクセサリー入れを作ってくれたりと、感心させられることばかり。そのお手伝いさんとつれあいの気が合い、二人は袋や箱の再利用について楽しそうに話しています。

つれあいが特に好きなのは箱。きれいな外国物の箱などを取っておいて活用する。私が捨てればというと、納戸に隠してあったり。そこで私は彼に「箱男」というあだ名をつけました。安部公房に同名の小説がありましたっけ？

ちょっとした容れ物に小さな花を生けるのも好きで、10センチ足らずの横長のガラスの器に、いただいたバラの蕾《つぼみ》を一輪。変わった器だなと思ってよくよく見ると、インク壺でした。彼は万年筆の愛好家なのでモンブランのインクがなくなると、ガラス壺をきれいに洗って、花瓶がわりに小さな花を生けて自室のベッドのサイドテーブルに飾ったり、本棚に置いたりしています。物はどう使ってもいいのです。目的を終えた物の廃物利用ほど楽しいことはありません。ピタッとはまった時など、いつまでながめていても飽きることがありません。

私ももとはといえば、家の間取りやインテリアを、あれこれ工夫する趣味があります。仕事が忙しくて実行するひまがないので欲求不満です。

このところムクムクとかつての癖が出てきて、ベッドに横たわったまま色々考えています。全くフラットで入口すら段差のないマンションなのであまり必要ないのですが、手すりなどを出来る限りシンプルで美しく、使いやすいものに、などと考えると楽しくて楽しくて。こんなことを夢想出来るのは、少し心のゆとりが出てきた証拠。多分、来年あたりには着手することになるでしょう。

実際に出来てしまうよりは、空想している今が一番楽しいのです。自分の中でもてあそんでいる間が最高。

予算も関係ないし、現実になる前の無責任な夢を持つことが出来るということは、私はまだまだ十分に若いのです。

「内視鏡は死ぬまでやりません」

1年に1回日本赤十字社医療センターに行って、主治医の指示通り検査と診断を受けます。血液検査と大腸ガン検診と尿検査、レントゲン、心臓チェックなど最低限の検査を、私の誕生日の5月末にするようにしています。

3年ほど前に急に腫瘍マーカーの数値が上がりましたが、徐々に落ち着いてきました。煙草も吸わないのですが、どうやら煙もうもうたる中に仕事で2、3時間閉じ込められたのが原因ではと自分で分析しています。

そして去年、なぜか大腸ガン検診で潜血反応が出ました。念のためもう一度やりましたが、やはり同じ結果です。少しばかり憂鬱でした。時々膀胱炎になるのと、たまに胃腸の調子が悪くなる以外、私の中で異常はなかったのですが。

主治医は大腸の内視鏡検査をすすめましたが、私はしたくはありません。なぜなら20年近く前でしょうか、やはり日赤で当時の主治医が診てくれたのですが、内視鏡検査が痛かったのなんの……。

当時はまだ検査方法も進んでいなかったので、もしもの時のため痛みを感じるようにと麻酔をしなかったのです。

腸は御存じのようにくねくねと曲がりくねっています。曲がり角に内視鏡が当たる時の痛さといったら……。ついに音をあげて途中でやめてもらいました。画面で見る私の腸はピンク色に輝いて実に美しく感動しましたが、それ以来、二度としないと決めていました。

現在の主治医は実に感じのいい優しい先生です。今は技術も進み、痛み止めも検査も一番上手な人に頼みますから、一度だけ受けてみてくださいといわれ、やむなく受けることになりました。

前の晩からの食事制限、そして当日大腸をきれいにするための下剤の量が半端ではありません。

幸せなことに、近隣なので、午後4時頃の最後の時間にしてもらって、俎板《まないた》の鯉に。

前回ほどピンク色の腸に感動することはありませんでしたが、確かに主治医のいうように痛くもなく、時間も短くてすみました。

後日、検査結果を聞きに行くと、ポリープや憩室《けいしつ》（大腸の壁にできる袋）はあるものの心配することはないといわれ、ほっとしました。

主治医曰く、

「腸の大掃除をしたと思ってください。たまにやるといいですよ」

なるほど、ではあの潜血は何かというと、ほんの少し痔《じ》の傾向があるとか。それも治療など必要なく無罪放免、その気分のよさといったら。翌日は早速ビフテキを食べましたよ。

その後気をつけていると、以前より腸の調子がよく、主治医のいう通り大掃除がすんできれいになったようです。

でも、最後に主治医には伝えてきました。

「二度とやりません」

感性が豊かな人は年を取らない

女優の木内みどりさんから『私にも絵が描けた!』(小さなラジオ局出版部)という本が送られてきました。

これが抜群に面白いのです。木内さんについては、以前からある友人を通じて話を聞いていて、ずっと前からの知り合いのような気分でした。そしてラジオ「木内みどりの小さなラジオ」のゲストとして出演したのです。一緒に隅田川に映る東京スカイツリーを見たりしました。初めて会った木内さんは、ローズピンクの長めのワンピースを着ていて、少女のような純粋さと自由奔放さを併せ持った女性でした。

そこに出版部を作って発売となったのが、今回送られてきた本というわけです。カバーの右下隅に小鳥の線画。「それは4本足の鳥から始まった」と書かれています。

何ごとか？　と最初のページを繰ってしばらく笑いが収まりませんでした。

2017年1月2日、初めて描いた鳥の絵。

「お母さん、鳥の絵描いてよ」

というお嬢さんの言葉に乗せられて、「いいわよ、そんなもの描けるわよ」と、ボールペンですらすら。

「ふーん」と見ていたお嬢さん。

「お母さん、あのね、鳥って、足は2本だよ」

その絵の鳥は4本足でした。

そう、鳥の足は2本。私は友達に誘われて鳥見の会に何度も出かけ、軽井沢の庭に来る野鳥も見馴れているのに、最初不思議に思わなかった。それくらい自然に描かれていたのです。

「向こう側に1羽隠れていませんか」という反応もあったといいますが、とっさに私も気付きませんでした。

木内さんはいかに物を見ていなかったか反省し、その後毎日1枚必ず絵を描くことを続けますが、私も自分の物を見る目のいいかげんさを思い知らされました。木内さんは毎日手あたり次第、そばにある眼鏡や体温計、猫などを描き、1年経った頃には見事に上達したのです。

その過程が絵と短いコメントで綴られているのですが、「ブラジャー？」と思ったものがマスクだったりと、それはそれは笑えるのです。

この女性《ひと》は第一印象通り、まっすぐで純粋な心を持っている……と嬉しくなったのです。

ラジオでの対談もほんとうに楽しかった。話が盛り上がったのは、蝶々の羽化について。私の出した本についても色々インタビューはしてもらいましたが、そんなことより私が子供の頃蜘蛛が唯一の友達だったといったら、木内さんが体験した出来事を語ってくれました。

ある日、山椒の葉に青虫を見つけ、葉っぱごとそっと採り、透明なプラスチック箱に入れて育てた話。

ぬらしたティッシュを敷き、寄りかかって隠れることが出来るように段ボールで区切ったら、すくすくと育ち蛹《さなぎ》になったそうです。

それから何日間か見守り、蝶になるのが今日か明日かと思える日は徹夜をしたのですが、うっかり眠った隙に蛹は蝶になり、箱を出て部屋の隅へ移動。まだ飛べませんが、観察を続けていると羽ばたきして飛べそうになったので、部屋の扉を開けると、蝶は見事に飛翔。見とれていると、もどってきて木内さんのそばをヒラヒラ飛びました。

そしてたまたま手を上げていたら、そこに舞い降りてくれたのだそうです。ほんとうのことです。その時の感動を話す木内さんの目はキラキラと輝いていました。木内さんは年を取らない人、いえ、年齢のない人です。

子供の頃と同じような感性で感動出来るなんて、素敵なことです。そうした感性を持ち続ける人に、年齢はないのです。いつだって少女であり少年であり続ける。私はそういう人が大好きです。

世間の常識やスマホで収集した知識しか信用しないような大人が、子供が持っている純粋な感性を取り上げて否定し、つまらない常識を植えつけていく。そのたびに年を取っていくことに気がつかずに。

私にとっての収穫は、年齢のない人に出会えたことでした。いただいた本の絵と自然なコメントを見ながら笑いころげ、私も少女にもどったような素敵な時間を過ごしています。

「まだ104歳」という笹本恒子さん

笹本恒子さんという写真家がいます。実年齢104歳になられるといいますが、御自身の年齢は97歳になるまで明らかにされていませんでした。

もともとは画家志望でしたが、戦前の女性写真家がいない頃、東京日日新聞（現在の毎日新聞）でアルバイト、のち、写真協会に入り女性報道写真家の第1号となるも退職。その後、結婚離婚を経て写真家として復帰。グラフ雑誌で活躍後、終戦後は千葉新聞や婦人民主新聞を経て、フリーとなりフォトジャーナリストとして活動。1985年に「昭和史を彩った人たち」で再び仕事に復帰。2011年には吉川英治文化賞、2016年には米国のルーシー賞を受賞するなど、現役の写真家として仕事を続けています。

ベストドレッサー賞にも選ばれるほどおしゃれで、毎日赤ワインを飲み、安保闘争を取材した時のジャーナリストとしての気持ちを今も維持し、今すぐにイラクに取材に行きたいともおっしゃる。

この方に年齢は関係なく、実年齢をいうときは「まだ104歳」。年齢など超越していて、ほんとうにすばらしいことです。

好きなことに夢中な人は若い

国際文化会館という施設が六本木の鳥居坂にあります。通称アイハウス、会員制で成り立っていて庭園や建物がすばらしく、私の愛する東京の隠れ家です。

崖ぞいの道を上がっていくと、広い車寄せがあり、建物は4階建てで、日本建築界の第一人者・吉村順三と前川國男、坂倉準三の設計で、障子を使ったシンプルな部屋もあり、外国人の学者や芸術家などが好んで長逗留《ながとうりゅう》する場所でもあります。

出版記念会、結婚式、偲ぶ会などが庭に面した大広間で開かれることもあり、セミナー等を開く部屋なども完備されています。

中でも私が好きなのは図書室で、そこで静かに原稿を書いたり、本を読んだりすることがあります。

その一角で打ち合わせ中らしい人の中に、詩人の谷川俊太郎さんを見かけました。夏の軽井沢高原文庫の会で何度かお目にかかりましたが、いつお会いしても少年のように目を輝かせ、きびきびした動作です。

こちらにまで生気が伝わってくるような内から溢れ出てくる情熱。今は、父上の哲学者・谷川徹三先生のお宅にお住まいですが、私はかつて谷川先生御存命の頃にこの家を訪問し、男性のお茶についてお話を伺ったことがあります。裏千家の「なごみ」という茶道の雑誌に載った「茶の湯紳士録」という連続対談で、茶の湯の奥深い哲学を伺ったのでした。

谷川先生はその時すでに年を重ねていらしたはずですが、私がエジプトにいた話をすると、まるで青年のように目を輝かせて、奥から蛇や猪、カバなど動物の小さな置物を出して見せてくださいました。その足取りは軽く、いたずらっ子のようなまなざしで大切にしていた秘密の品を次々に見せてくださったのでした。

私はそうした男性の一面に惹かれます。男性には女性に少ないマニアックな自分だけの興味を持つ人が多く、マニアとかコレクターにはなぜか女性が少なくほとんどが男性です。昔のパリの地図を隅から隅まで憶えていたり、子供の頃拾った小石を宝物のように、大切に抽斗《ひきだし》に入れていたり、夕陽を追いかけて地の涯《はて》まで車を走らせたり、一見無駄と思えることに情熱を燃やす。そんな人が好きです。

子供の頃の感動を持ち続けている証拠でしょう。金や出世ばかり考えている人にはわからない価値観に感動するのです。

若い時には外見でカモフラージュされていますが、年を重ねてくると、そういった感性を大切に持ち続けているかどうかの差がはっきり出てきます。

心の中のみずみずしさが表に表れて、いつまでも潤いを失わないでいる人には、年齢を感じることがありません。

効率だの金もうけしか考えていない人は、心の貧しさが表面に浮き出てきて、汚らしさが感じられてしまうのでしょう。

年齢のない女

『おしゃれなおばあさんになる本』（興陽館）はイラストレーターの田村セツコさんの本です。セッちゃんのおしゃれの秘密が満載です。

おばあさんと書いてありますが、誰が彼女をおばあさんと思うでしょうか。見た目も内面も粋でカワイイ！

私達はセッちゃんをパル子さんと呼んでいます。

パル子は、セッちゃんの俳号です。私達は40年来続いている「話の特集句会」の句友なのです。

この句会には沢山の有名人がいたのですが、一人二人と亡くなり、そのたびに一句手向けていたことはすでに書きましたが、今では毎回出席して俳句を楽しんでいる女性は、黒柳徹子さん、パル子さん、私が主になってしまいました。

中山千夏さん、吉行和子さん、冨士眞奈美さんは欠席が多く、白石冬美さんはついこの間、亡くなりました。

パル子さんは「元祖カワイイ」で有名で、住まいも原宿を離れず、その部屋は写真で見ただけですが、少女そのもの。様々なカワイイが存在しているのですが、品が悪くないのです。オシャレな感じが先に来て、私はカワイイ粋《イキ》と呼んでいます。

俳句にはカワイイところはなく、目のつけどころの新鮮さと繊細な表現に目を見張ります。

3年ほど前でしょうか。いつも会場にしている店がいっぱいで、近くにある私の家で句会をやることになりました。

マンションですから、10人くらい入ると満員で、パル子さんは目ざとく見つけた黒の革張りの寝椅子にしっかりと腰を据えて、名前までつけてしまいました。

「ジェームス!」そのセンスに脱帽しました。北欧家具の店で見つけ、いつも猫を抱いて座っていた椅子。革には猫の爪跡も残ります。猫が大好きなパル子さんは、それもあって余計に好きになってくれたのでしょう。

句会で会うたびに、「ジェームスは元気？」「ジェームスによろしく！」。

私もすっかりその名が気に入って、ジェームスと呼んでいます。椅子をジェームスなんて呼ぶセンスのよさは、まるで映画好きの少年のようです。

いつも黒ずくめ、帽子、袖のふくらんだブラウス、そして落下傘スカート、靴下と鞄の所々に小さな黒猫がついていたり、たまに白を合わせていますが、黒の色づかいの品よくカワイイこと。

パル子さんを見ていると楽しくて楽しくて、私は少女にもどってしまいます。

つれあいが幹事になった時のこと。席題を出して、墨で書いて張り出すのですが、その字がまるで踊っているように見え、彼女のお気に召したようです。

「足《あし》」という題を書いたのですが、まるで走っている足のイメージで、彼女がそのまねをするのがおかしくておかしくて……。

ちなみにつれあいは悪筆で名高く、とても読めるような字ではないのですが、それがかえって絵のように見え、イラストレーターのお気に召したものと見えます。その字を書いた紙まで持ち帰ってしまいました。

そういういたずら心は、まるで少年です。ボーイッシュな性格も魅力的です。

彼女のイラストや絵は人気があり、表参道の同潤会アパート（今は取り壊されてしまいましたが）の1階にあるアトリエでいつも展覧会があり、私はそこで見た彼女の油絵を忘れることが出来ません。いつか買いたいと思っていたのです。

何回目かの展覧会をのぞいた時、パル子さんからいわれました。

「裏の古いアパートメントをのぞいてみない？」

私はその言葉に従って、昼下がりの無人の館の階段に足をかけました。窓には昨日まで人が住んでいたように縞の紺色の男物スーツがぶら下がり、破れたベッドカバーがかかっています。

さらに階段を上ると、屋上でした。捨てられた洗濯機やら掃除機、昼顔のつるがからまっていました。

そのことをパル子さんに報告し、小さな物語を書いて見せました。いつか小さな物語にイラストをつけてほしいナと思っています。一緒に仕事が出来たらどんなに嬉しいか……。

この人にも年齢はありません。

いくつになっても自分のスタイルのまま、いつまでもカワイイ……。おしゃれで粋で、ちょっと意地悪で、そんなパル子さんにひと月に1回句会で会えることを、私もつれあいも心から楽しみにしているのです。

高齢者は「見た目が9割」

20年以上前になりますが、女優の瀬戸朝香さんの「見た目で選んで何が悪いの？」というCMがありました。2007年には演出家・竹内一郎さんの『人は見た目が9割』(新潮新書)という本がミリオンセラーに。私も「見た目が大事」という考え方に大賛成です。

見た目――いいかえれば外見ですが、年を取るとおしゃれをしなくなり、外見にかまわなくなるのが当たり前のように思っている人がいますが、大間違いだと思います。年を重ねるほどおしゃれをしなければ。

内面さえ磨いて輝かせれば、外見はどうでもいいというのは怠慢ではないでしょうか。

若い時は、何もしなくても肌はピカピカだし、若さという武器がありますが、ある年代になったら、内側にあるものを外側に表現する手段を身につけなければ。

そう、見かけとは表現力といいかえてもいいでしょう。

夏の軽井沢の銀座通りには、年を重ねた同年輩の人々が固まって歩いている。

くすんだ色の柄物のブラウスにパンツ、歩きやすい靴、リュックを背負ってつばのある帽子をかぶり、同じ店に入り同じものを食べ、有名店の前に延々と並び……。ちょっと道を曲がれば落葉松《からまつ》林がそびえ、舗装のない土の小径が続いているというのに、そこには一歩も足を踏み入れず。

どうして一人で歩かないのでしょうか。軽井沢の銀座通りなど一本道で迷いようもないのに、連なって歩かれると邪魔になるし、そもそも美しくないのです。

最近は軽井沢も様変わりをして、老舗が次々と店じまいをし、若い人向けの安っぽい店が増えてきています。その中で何軒かかっての面影を残している店があります。土屋写真店、大城レースや桜材の軽井沢家具の専門店、よく見るとまだ面白い店があります。

かつて軽井沢が外国人宣教師やその子弟で賑わった頃、夏の間はおしゃれな店が勢揃いするので、全国から避暑がてら大勢の人がやってきて、1年のおしゃれ計画を立ててまとめ買いをしていたといいます。

装いも気どって、ファッショナブルに。人々の見た目が美しく、従って街も美しかったのです。今は人々が美しくないから、街も美しくは見えません。

見た目＝外見は大事なのです。

中高年は柄もの、花柄が似合わない

なぜ中年は中年向けの店で、高齢者は高齢者向けの店で、みな同じようなものを買うのでしょうか。

むしろ若い人向けの店で、出来るだけシンプルなものを着こなして見せる方が楽しみがあります。

中高年は柄もの、特に花柄は似合いません。どうしても寂しいというなら、スカーフぐらい。品のいいストライプやチェック、または無地で色を楽しむ方がすっきりします。あいまいな色も難しくなってきます。清潔感と、キリッとしている印象が一番。

そうそう、外国人から見た日本人の七不思議の一つに、なぜ女性が襟元をしめているのかというのがあります。私も首が細くやせているのでついタートルネックが多くなりますが、外国人の女性はシャツでもワンピースでも、襟元を開けてアクセサリーなどで上手におしゃれをしている。冬の間は寒くて駄目ですが、私も春になったら襟元を開けるおしゃれに挑戦してみようと思います。

おしゃれは立派な自己表現。いつまでも挑戦の気持ちをなくしてはいけないのです。

年を取ったら上質なもので勝負

私はおしゃれが大好きです。出かける時には何を着ていこうか、随分考えます。その日の気分、仕事の内容や遊びの場の雰囲気に合わせて考えるのが楽しくて仕方ありません。思いがけない古いブローチやネクタイがピタッと合った時の嬉しさといったらありません。靴や鞄、洋服に合わせてどれにしようかしら……。少女のように心躍ります。

私は家にいても、毎日必ず違うものを着ています。惰性に陥らず、気分を変えるためです。

家での食事もジャージでなどということはなく、必ずそれなりの恰好で二人して食べます。習慣になると、気分がシャンとしていいものですよ。

お正月は、二人とも三が日は着物姿です。紬《つむぎ》などの普段着ですが、なんとなく着物の方がキリッとして、新年という区切りを感じるからです。

中味がちゃんとしていれば外見はどうでもいいという考え方に、私は賛成しません。中身を外に向けて表現するのがおしゃれ。その装いによってまた中身も豊かになるのだと考えています。

今私が秘かに考えているのは、少女の頃好きだった「ひまわり」や「それいゆ」などに出ていた中原淳一のファッションを着こなすこと。たまたま広尾のわが家の近くに、中原淳一ショップ「それいゆ」のお店が移転してきました。

見た目が若い人は、気の持ちようも若いといってもいいと思います。

気の持ちようが外に出るのですから、当然のことといえるでしょう。

前にも書いた104歳の笹本恒子さんは、ある対談で語っています。

「やっぱり朝起きたら、人に会うために、ある程度のことをちゃんとしておかないと。私おしゃれは若い頃からしなかった。かえって年を取ってから、ちゃんとしなくちゃと思うようになりました」

報道写真家の切った張ったの世界では、おしゃれをするひまもなかったのでしょうが、その間に培った内面が、年を取ってから滲み出たのだと思います。笹本さんらしくキリッとしながらも、可愛らしいおしゃれな装いは、とても似合っています。いつだって髪もきちんとセットされていて、自分に似合うものをわかっていらっしゃる。

テレビで、瀬戸内寂聴さんの日常を撮ったビデオを見ました。法衣を脱いだ後は、可愛いシマシマのパンツにバラ色のセーターなど、色のきれいなものがよくお似合いでした。お茶目な日常がそこかしこにあって素敵なのです。声や喋り方がまた可愛い。法衣も、黄や紫、緋と美しい色が多いのです。

佐藤愛子さんの着物姿はいうまでもないのですが、襟を抜いた着方はとても真似が出来ません。普段は洋服も多いのですが、食事に行く時など色は地味でも、とてもいいものをお召しです。それが年と貫禄にぴったりで、パールグレーの靴もなかなかでした。

年を取ったらいいもので勝負というのも大事です。若い時は何を着ても似合うのですが、年を重ねるとそうはいきません。

若い人はむしろ安いものを上手に工夫して着ている方が微笑ましく、

これ見よがしにブランド物などを着ると、かえって反感を買います。ブランド物などの高くていいものは、年を重ねないと似合わないのです。

高齢になったら品のいい着こなしがいい

フランソワーズ・モレシャンさんというフランス人のライフスタイルアドヴァイザーがいます。彼女がNHKでフランス語講座に出ていた頃、私はフランス語の勉強と一緒に、おしゃれの勉強もさせていただきました。

そのモレシャンさんがある頃から、黒・白・赤しか着ないと宣言なさったことがあります。

様々なヴァリエーションの黒・白・赤を楽しませていただき、ちょっと真似てみたこともありました。

他人の着こなしを参考に、昔から持っている好きな洋服で組み合わせを変えて着てみると、持っていた洋服が新しくよみがえります。ほとんど体型が変わらないせいか、大学時代の洋服すら着られるという効率のよさです。

大内順子さんというファッション評論家がいました。青山学院大学の学生の頃、「それいゆ」などで中原淳一さんのモデルを務め、その後事故で目を負傷していつもサングラス姿でしたが、実にセンスのいい人でした。

彼女の着ているものは、さりげなくおしゃれで、きちんとした着こなしがとても似合っていました。

私がＮＨＫ時代からお手伝いした森英恵さんの銀座の店でのショー。ピエール・カルダンのモデルだった松本弘子さん、小澤征爾夫人のヴェラちゃんこと入江美樹さん、みんな人間味のあるモデルさんで、自分流に洋服を着こなす人達とお喋りをすると、得るものが多くありました。

落ち着いた品のいい着こなしの出来る、中年以降のモデルさんもいました。

なにより森英恵さんの徹夜明けの緊張した顔が美しく、今でもその印象は変わっていません。

森さんも93歳ですが、その身じまいと話し方は美しい。食事のお約束を今年こそ実現させたいと思っています。

女性は年を取ってもおしゃれに気を遣いますが、男性はひどいといえます。

ただ男性の場合、気の遣わなさが内面と相まって可愛げになる人もいます。

哲学者の梅原猛《たけし》さんは亡くなって間もありませんが、中国に御一緒したことがありました。

団長が梅原さん、秘書役が私で、奥様から出発前に頼まれました。

全く服装に無頓着《むとんちゃく》で、右と左の靴下が違っているかもしれないから注意してくださいねといわれ、毎朝服装チェックをさせていただくのが楽しく、気にしない姿勢が逆に一つのスタイルになることがあると気付かされたのでした。

批判をしつつも楽しむ

紅白歌合戦は歌合戦の時代は終わって紅白踊り合戦になって、踊れない人は出られなくなってきました。「歌って踊れる」ではなくて「踊って歌える」人でなくてはならないのです。

ネットでも、一般の人でさえ踊る映像を上げて人気を得たり、「いいね！」をもらったり……。

犬や猫をはじめ動物の映像でも、無理に踊らせたり、偶然のポーズをとりあげてネットに上げたり。

時代は、体の表現に重きを置くようになってきました。

そうすると歌がおろそかになったり、踊らない人は消えていったりします。ということは踊るための音楽になり、テンポの速い曲調のものが増え、言葉がますますないがしろにされていきます。言葉のセンスを忘れてしまったようです。

最近の歌では歌詞が少なくなってきました。阿久悠さんやなかにし礼さんのような歌詞は、もはや望めないのでしょうか。文学的な香りのする歌詞、永六輔さんなどの当たり前の言葉を使って情感を呼び起こす歌詞も見当たりません。

作家で劇作家の井上ひさしさんは、「むずかしいことをやさしく、やさしいことをふかく、ふかいことをおもしろく……」という名言を残していますが、これを実践する作詞家はもう現れないのかと思うと寂しくなります。

歌唱力や歌詞より踊りが重視されるとしたら、私達の表現能力は原始にもどりつつあるのかもしれません。赤ちゃんが最初に憶えるのは動きであって、音そのものではありません。意味のある言葉を喋るのは、その後です。

紅白歌合戦は、ＮＨＫで１９５１年（昭和26年）の１月３日に第１回がラジオで放送されました。紅白に分かれた女性と男性が競う歌番組で、最初は正月番組でしたが、テレビ放送が始まると同時に１年の締めくくりとして大晦日の番組になりました。

放送の中止や延期は一度もなく長寿番組ですが、今では紅白に分かれる意味もなく、完全に若者向けショー番組になりました。

時代の流れがわかるので、私も仕事をしながらちょこちょこ見ていますが、大物歌手の出演が減り、だんだんと馴染みの薄いものになっていくのは仕方ないのでしょうか。

しかし若者向けの歌や踊りも、やはりいいものはいいのです。引退した安室奈美恵さんをはじめグループでも「乃木坂46」の媚びない姿勢は好きだし、きゃりーぱみゅぱみゅさんの色彩感覚の品のよさには感心します。

そういう発見がある時は嬉しいので、最近の歌は歌詞を大事にしないから見ないとか、若い人の番組だから見ないという頑なさは持ちたくない。だけど、踊りばかりではなく、もう少し言葉を大事にする歌手も出てきてほしいと思うのは、私だけでしょうか。

年を取っても声は変わらない

タクシーに乗ると、いわれることがあります。

「下重さんですか？　声でわかりましたよ」

夜なので顔は見えないはずですが、顔や姿などよりも、声の印象というのは強いようです。

私が放送の仕事が専門だったのは、ずっと昔の話なので、声など忘れられていると思いきや、その印象は強いようです。

先日もＮＨＫで私の4年後輩にあたる村田幸子さんと会う機会がありましたが、やはりいまだに声を聞いて「村田さんですか？」といわれるそうです。彼女の声や話し方はソフトで独特なので憶えやすいのでしょう。

年を重ねてもあまり声が変わらないことは、恐ろしくもありました。姿形は変わっても、声は変わらない――。私など放送の仕事を離れ、物書きの仕事が大半になっていても、声を忘れられていないとは、悪いことも出来ません。すぐばれてしまうに違いありませんから。

声はあまり衰えないのです。普通に健康が保たれている限り、声を聞けば誰だかわかるはずです。私は、電話で声を聞けば、名乗られる前に誰だかわかります。すぐにわからない時は、何か異変のある時です。

「どうかした？」

と聞いてみると風邪を引いていたり、体調がよくなかったりと、声で大体の心身の調子がわかります。落ち込んでいる時やいやなことがあった時も声に表れます。

私のようにプロだった人間は悟られないようにすることに馴れているので、いつでも同じに聞こえるように、カモフラージュ出来ますが。だから例の「オレオレ詐欺」が不思議なのです。どうして子供や孫の声がわからないのでしょうか。何かがおかしいと思ったら「声が違うけど、どうしたの？」と聞けば、向こうはだんだんごまかせなくなってくるはずです。

普段から聞く訓練をして、耳の感覚をよくしておくことも大事です。私は目は悪いのですが、耳はよくて小さな音でも聞き逃さず、「これでは疲れるでしょう」と健康診断でいわれたこともあるほどです。

年を取ると、声は変わらなくとも、音質が低くなり、音域が狭くなるのです。

私の声はもともと低めですが、年を重ねてもっと低くなった気がします。誰でも少しずつ低めに変化するので、若い頃に出ていた高めの声は出なくなります。

いずれにせよ、声が元気なのは達者な証拠。歌ったり話したり声を出すことは若さにつながります。

私の場合、書く仕事ばかりだと声を出さなくなるので、意識して若い編集者とカラオケに行ったり、気の合う人と電話で喋ったりするように努力しています。

いわゆる世間話は苦手ですが、自分の得意なテーマなら誰とでも話せます。そのための話題を普段から見つけておくこと。キョロキョロ周りを見わたし、観察することも大事です。講演会などでは、メモを見ず1時間立って喋りっぱなしでも平気なように常日頃から訓練しています。

老人ホームは「不自由さ」に満ちている

他人から管理される場所として老人ホームがあります。

先日、恵比寿にある老人ホームをあっせんする民間施設を訪れました。ビルのワンフロアにびっしり机が並んでいます。そこでパソコンを前にした職員やボランティアなど若い人達が働いています。西の窓には黄色の空に墨絵のような富士山が浮かんでいました。

「みなさんのお仕事は?」と聞くと、係の女性が老人ホームの案内と紹介をしてほしい方への対応だということでした。

その部屋には100人以上いたでしょうか。ひっきりなしにかかってくる電話の応対を見ていると、ホームを探している人がいかに多いかがわかります。それだけ介護の問題は深刻なのです。

国は、自宅での介護を進めようとしていますが、実際には介護する側とされる側の大変さやズレが浮彫りにされただけで、やはりホームに頼らざるを得ない現状があります。

それにしても、もっとも楽しく自由であるべき老後が、なんとしばられているのでしょうか。

老人ホームは誰かから管理される場所です。いかに効率よくお金も人数もかけずに運営するかを考えると、高齢者一人ひとりに対応するひまなどありませんから、十把《じっぱ》一絡《ひとから》げの管理にならざるを得ません。老人ホームでよく見る風景――いっせいに童謡などを歌わせる、体操させる、ぬり絵やお習字などのおけいこをさせる……。

みんなで同じことをやるのが好きな人ならともかく、団体行動に全く馴染めない人だっています。つれあいの母は100歳まで生きましたが、食事以外、ホームの部屋から出ていくことはなく、部屋に閉じ込もらざるを得ませんでした。

時折見舞いに行くと、まるでおんぶおばけのように背中に何かがのしかかってくるのを感じて異様に疲れました。のしかかってくるもの、それは管理されている老人達の「不自由さ」です。

高齢者には一人ひとりの歴史があります。これまで積み上げてきたものを大切に出来ればいいのですが、実際はホーム側の都合で管理されている。そこへ入れば、いやおうなく年を意識させられ、20代や30代の職員達が、まるで幼子を扱うような丁寧語で話しかけてくる……。なぜ普通に話さないのでしょうか。気を遣っているつもりかもしれませんが、侮辱でしかない気がするのです。

最低限のケアだけで、後は個々人の独立を重んじたホームが出来ないものか。自立性の保てるケア、必要以上の世話をしない、一人ひとり違った人格を尊重する介護は出来ないのでしょうか。

自分で決めたことを実行すると、人生が好転する

外国には実に様々なホームがあります。

イタリアの作曲家ヴェルディが音楽家のために建てたホームを題材にした映画などは、日本でも知られています。かつてのスター達が再会して口パクの音楽会を開くなど、実に楽しげなストーリーです。それがどんなに生き甲斐となるか。

美の都だけあってフランスには、美容関係の人達が入れるホームがあり、かつてのレジェンドたちが今も技を競って美容界の審査を務めたり、会話をしたりしている。そんな職能別に社会とつながったホームがあるとのこと。

私の知人が、そうした施設を日本に作ろうとしましたが、自治体の反対に遭ったりお金の補助がなかったりして、結局実現しませんでした。

人間にとってもっとも大事なものは、自己表現だと思います。自己表現の手段を持っているからこそ、生き生きと自分自身でいられるのです。

自己表現を最後まで自分らしく出来る場所は、どこにあるのでしょうか。

自分で自分の人生を生きられる、そんなホームは出来ないものでしょうか。

自分の年齢を自分で決めるためには、自己管理が必要です。他人に管理されるのではなく、自分のことは自分で決める。

私は、他人に管理されるのが一番苦手です。誰かに命令されたり、団体で同じことを強要されると逃げ出したくなります。どこにいようとも、他から管理されるのではなく、自分を自らの手で管理してやりましょう。

自分で決めたことには、必ず従う。責任は全て自分にある。そう思って生きると、不思議といろんなことが、うまくまわり始めるのです。

自分で自分を管理するから面白い

私は自分の決めたことは、忠実に守ります。例えば、この本を1月末に書き上げるために、12月の後半から1月末まで自分にノルマを課しました。無理のない範囲で、決して体に負担をかけぬよう。そう考えると400字詰原稿用紙で、1日10枚が限度です。

私は夜が遅いので朝の10時前後に目が覚め、それから今日するべきことを考えます。床の中で約1時間。起き上がる前に、寝たままで出来る体操を5分ほどやり、手足を動かします。

それから洗面をすませ、ジュースと果物、サラダなど軽く食べて気分によってコーヒーか紅茶を飲みながら新聞2紙を丹念に読み、その日のスケジュールをチェック。午後2時頃に昼食、軽めのものを摂り、その後、机に向かって書き始めます。

途中、必ずおやつを食べてマンションの敷地内を15分ほど散歩しながら、様々な花の咲き具合をチェック。地域猫に挨拶が終わったら再び原稿に取りかかり、後は夜の7時頃まで一気に書き続けます。予定通りノルマをこなせると御機嫌になります。

夜は自分のための遊びの時間。夕食は料理が趣味のつれあいが作るか、外に食べに出かけるか。観劇、友人との会食など、大切な時間です。夜の遊びのために仕事をしているのか、仕事のために遊んでいるのか。どうも遊びというニンジンをぶらさげて仕事をしている気がします。

私にとって両方あるのが当たり前、バランスが取れています。

仕事がうまくいかないときはプライベートの遊びに逃げ込み、プライベートでいやなことや辛いことがあると、必死に仕事をします。この両輪がうまくまわっている限り、私は元気です。

長い間に自分を操る方法、言葉を換えれば自己管理が上手になりました。

日によって変化もつけます。3日以上書く仕事が続くと、間に取材やインタビューや講演など外へ出かける仕事をはさんで、心をリフレッシュさせる。そうしないと行き詰まってストレスになるからです。我ながらその切りかえは上手なので、なんとか今まで持っているのでしょう。

もう一つ、同じやるなら楽しんでやろうと、どんな経験も面白がってしまうので疲れないのです。昼間は出来るだけ電車で移動しますが、その間、人間観察をしているので飽きることがありません。東京は人身事故が多くて電車が止まることが多いのですが、わずかなアナウンスから、その状況を想像してみる。あるいは文庫本に読みふける。そうするとイライラしません。

新幹線などで遠くへ出かける時は、ぼんやり景色の流れに目をやるか、到着地までどのくらい本が読めるかを試みる。車内は自分のための自分の時間、日によって演出を変えてみます。

夜は必ずタクシーで帰ります。ひと頃、3年続けて骨折して以来、うす暗くなったら多少の出費は我慢してタクシーで帰ることにしたのです。ラッシュならずとも夜の電車は怪我の原因《もと》になるので、極力避ける工夫を。

自己管理が行き届いていると、ストレスが溜まりにくくなります。

実は、他人から管理される方が人間にとっては楽で、自分で自分を管理するのはしんどいのですが、それが出来る快感は何ものにも代えがたいのです。

「サバを読む」人の心理

「サバを読む」という言葉があります。年齢をごまかしたりする時によく使います。

「あの人3歳サバを読んでるのよ」

芸能人をはじめ有名人の経歴などにはよく何歳か若く書かれているものがあります。大体実年齢より若くいうことが多いようです。一度それが通ってしまうと訂正することが難しく、年齢詐称などといわれかねません。

いいではありませんか。そんなことに目くじら立てなくてもと思うのですが、何ごとにも正確さを求める日本人はそれを厳しく追及したり、そのことで人格を否定したり。

私も同じ年代の人には同世代という親近感を持ちますが、1歳や2歳くらいそんなにこだわることではありません。

サバ（鯖）を読むとはどういう意味かというと、数をごまかすということです。鯖という魚は傷みやすい魚です。その鯖を大量に数えなければいけない時には、飛ばして読んだり早口でごまかしたりしたというのが語源のようです。

年齢の場合、少なくするのがほとんどで、若めにサバを読むのです。その反対が逆サバ、年齢なら多くいってしまうことになります。

若い頃、ポルトガルへ一人旅をした時、夕食で同じテーブルにいたアメリカの青年と話をしていると、彼は25歳だといいました。日本人は若く見えるので、私はサバを読んで23歳といいました。

夜の観光で一緒になったその青年と、再びバスに乗り、海辺にあるカジノへ。私はパスポートをフロントで見せ、さっさと中へ入ろうとして彼がいないのに気付き、フロントで聞くと、彼は17歳で成人ではないから中へは入れないのだとか。

「え？　25歳だといってたのに」

この例など、逆サバで、彼は私に合わせて大人に見せたかったのでしょう。

日本では年齢を笑いの種にすることも多くあります。

日常会話でも「ええ、まだ20歳ですから」とか、「52」を「25」と逆にしてみたりするのは、よくある例です。

なぜか若い方にごまかす人が多いのですが、年上の方にサバを読む逆サバの人はほとんどいません。

老け役の多い俳優さんなどは、演じる役の方が先に進んでいて、ようやく本人が追いついたという例もあります。亡くなった樹木希林さんもご自分でいっていたようですが……。

1歳でも若く見られたいという女心はわからないでもないのですが、最近では男性にもそういう傾向があるようです。心当たりはおありではないでしょうか。

年齢へのこだわりを捨てると楽になる

先日も、日曜の朝7時からの「ボクらの時代」（フジテレビ系）でこんな会話がありました。出演者は俳優の松重豊さん、光石研さん、そしてお笑い芸人の博多華丸さんの3人です。

博多華丸さん「光石さん、今いくつですか？」

光石研さん「今年58です」

松重豊さん「えっ？　58？」

光石「今年ね！（ちょっと焦ったふうに）今は57よ、まだ。今年ですから。松重さんは？」

松重「俺はまだ55ですから。もうすぐ56」

光石「いやいや、この人、早生まれだから。まだ誕生日が来ていないだけで、みてくれはもう……」

博多「アハハハハ（爆笑）、早生まれのやりとり……」
松重「華丸さんはおいくつですか？」
博多「（ちょっと偉そうに）今年49です」
松重「49。50」
博多「いやいや！　今年49です。50じゃないです！」
松重「こだわるね！　たいして変わらないよ！」
博多「いや、だいぶ違いますよ！」

このように49～58歳くらいの男性ですら、たった1歳にこだわる。ほんとうにたいして変わらないと思うのに、頑固にいい張る。とはいえ、この3人のやりとりはなんとも可愛いのですが。

日本における、年齢へのこのこだわりは何なのでしょうか。

それだけ年齢を気にしている証拠でもあります。それも、1歳でも若い方がいいというこだわり。男性も女性も日本人は若い方が価値があると思っているのではないでしょうか。

年などいやおうなく重ねるもので、そこから逃げることが出来ないなら、いっそ覚悟を決めて、何度もいうように自分の年齢は○歳と自分で決めてしまいましょう。

少なくとも私はそうしているので、年齢を聞かれても焦ったり動揺することもなければ、ムッとすることもありません。

仮に今年30歳と仮定して考えてみると、出来ることが様々に出てきます。自分の生き方に合わせて年齢《とし》を選択すればいいのです。

年齢に合わせて生き方を選択するのは逆ではないでしょうか。

「高齢者には無理」と決めつけるな

年齢なんぞに人生を決められてたまるものですか。

年齢は自分のものなら、私が支配するのが当然でしょう。いくつだからこうしなければいけないなどという決めごとはありません。子供の時は、公に小・中と学校も決められているかもしれませんが、それだって自由です。自分に合った学校や学年を選んでもいいはずですし、欧米などではよく出来る子は飛び級なども当たり前です。

子供の頃事情があって学校に行けなかったら、大人になってから行けばいいし、実際にそういう例はいくらでもあります。

最近は、中学生で藤井聡太さんがプロ棋士になったり、囲碁でも仲《なか》邑菫《むらすみれ》さんなど9歳なのに、すでに最年少のプロです。

年を取ったからといって、特別扱いする必要もないのです。出来ることは自分でやる。必要以上に甘えることもなく、必要以上に甘やかすこともない。全てさりげなくというのが私の生き方です。しかしさり気なく生きるためには、頑固さも必要です。さりげなく生きることを守る頑固さです。そのために戦わねばならないこともあります。

今の世の中、なかなかさり気なく自分らしく生きさせてはくれない。やれ他人と違うだの、やれ協調性がないだの、よけいなお世話です。

他人に迷惑さえかけなければ、自分の生き方を貫いていいのです。

年を取ってから頭の冴えてくる人もいれば、やっと自己実現がかなう人もいるでしょう。いくつになったから、もう出来ないだの、年だから無理だのと諦める必要はありません。それなのに周りが押しつけてくる。

私は25年ほどNHK文化センターでエッセイ教室をやっています。年齢や性別、職業も様々な個性的な人々の集まりです。高齢でも記憶力や物憶えのいい人もいれば、若くても物忘れが激しい人がいるなど、年齢でくることなどとても出来ません。その人達が教室を離れて私生活でも実に楽しくつきあっています。

85歳のKさん、ゴッドマザーと呼ばれていてみんなの相談に乗り、その話の面白さ、多彩さは若い人達の及ぶ所ではありません。好奇心旺盛、新しいものをどんどん取り入れ、旅にも積極的に出かけます。

その彼女が溜息まじりに囁きます。

「ねー、センセー。この間ガラケーをスマホに変えようと思って店に行ったら、若いお兄ちゃんが出てきて、年を聞くんです。『85歳ですよ』といったら、『それなら使えるようになるまで最低3カ月はかかるでしょう』って……」

彼女は愕然としたそうです。みんながやっているものが出来ないわけはないという自負はあるし、実際その記憶力は誰もが舌を巻く。85歳では無理といわんばかりのその口調、失礼きわまりない。私も一緒になって怒ってしまいました。

私は彼女に比べれば物忘れもひどいし、要領も悪いのですが、それでもガラケーからスマホに変えてから何の苦労もなく、むしろスマホの方が簡単でした。最低限の機能は使いこなせています。

私もスマホに変えようという時、若い人から「無理！」といわれたことがありました。そういわれると意地になってよけい使いたくなったわけですが、意外に使いこなすことが出来ました。

スマホに使われることはありません。今までの知恵と経験を生かして、自分にとって必要な機能だけ使えばいいのです。

多分Kさんはスマホを手に入れたら、あっという間に上達することでしょう。

年齢で人を決めつけないでください。人はそれぞれなのです。出来る出来ないは年齢の問題ではなく、その人の能力なのです。能力は死ぬまで伸ばしてやりましょう。いくつになっても挑戦を忘れず、そして危険を察知したら、撤退する知恵。

86歳で南米大陸最高峰のアコンカグアに挑んだ三浦雄一郎さん。目の前に頂を見ながら残念だったでしょうが、体の声を聞き、諦める。そこにこそ知恵と経験が生かされているのです。次は90歳でエベレスト挑戦とか……。

日野原先生ほど年齢を感じさせない人はいない

「命とは、人間が持っている時間のこと」とは、聖路加国際病院の日野原重明名誉院長の言葉です。人間の持ち時間、すなわち年齢ということでしょう。年齢とは命ということです。

この言葉は105歳で亡くなった日野原先生が『十歳のきみへ――

九十五歳のわたしから』（冨山房インターナショナル）と題して子供達に命の授業をしてきた中で述べられた言葉です。いじめや自殺、子供達の命を守るために何をすべきかが、わかりやすく書かれています。

人間が持っている時間は一人ひとり違います。その時間の尊さはいうまでもありません。それを精一杯使い切ること。日野原先生はそれを実践なさっていました。

日野原先生には、私がまだNHKのアナウンサーの頃にインタビューさせていただいたことがありました。

ある時、講演にご一緒して、羽田から小松空港まで飛行機で、その後、車で福井へ向かいました。

その間中、電話をかけたり、メモを取ったり、病院に電話をかけ、看護師さんに自分の患者さんの様子を聞き、その容態への処方を口頭で伝えられるのです。その時は確か画家の小倉遊亀《ゆき》さんが入院していらしたようでした。細かく一つひとつ指示されていて、私は隣に座っていましたから、よく聞こえました。それがすむと病院にいる秘書とスケジュールの打ち合わせ。言葉をかけるひまさえありません。やっと一区切りついたのを見計らって伺いました。

「今も全てご自分で指示なさるのですね？」

「もちろんです。自分の患者さんに対する責任がありますから」

今も現役だということに、まず驚きました。そして、こうもおっしゃいました。

「私はあまり検査しません。機械が精密になればなるほど病気を見つけられますから」

「人間ドック」という言葉を使ったのは確か日野原先生が初めてだと思いますが、その先生が機械に頼ることへの疑問を呈され、大病院の医師より開業医の主治医を持つことの大切さを説かれます。なぜなら、その患者さんの日常生活を知っているからこそ出来る診断が大切だからです。

その日も日野原先生はおしゃれなジャケットにネクタイ、そしてポケットチーフがよく似合っていました。「おしゃれは人前に出るためのお守り」だそうです。

講演会は、私が前座で、その後、日野原先生。もちろん立ちっぱなしで話されます。

それが終わった後は、合唱とオーケストラの演奏。指揮は日野原先生ご自身。

合唱団の中へ入って歌ったり指揮をしたり。よく疲れないものだと感心しますが、クラシック音楽は日野原先生の一番の趣味。仕事の後は趣味を楽しむことを忘れないのです。

健康の秘訣は、睡眠、食事、運動を大切にするなどごく当たり前のことと、うつぶせ寝など独自の深くて短い睡眠を実践。

食事については、朝はバナナ1本と、オリーブ油15ccをたらした果汁100%のフレッシュジュース、大豆から取ったレシチン小さじ4杯を溶かした牛乳200ccです。昼は牛乳と胚芽クッキー3枚にりんご、それにオリーブ油を飲みます。夜はご飯も食べますが、魚を多めに、野菜はたっぷり、体調に合わせて週2回は肉を食べるそうです。

高齢まで元気に過ごす人には、肉好きが多く、瀬戸内寂聴さんもビフテキが大好きだそうです。

私のエッセイ教室に来ている介護の専門家の母上も、淡白なものばかり持っていくと不満だったといいます。

「あなた、何にも私のことわかっていないわね。私はうなぎやビフテキが食べたいのよ」

元気な高齢者は肉好きだから健康なのか、健康だから肉が食べたいのか……。

いずれにしろ高齢者は淡白なものを好むという考えも、一方的な決めつけです。

いくつだから、こうした食べ物、高齢だから淡白なものと決められては、食べる楽しみすらなくなります。

老人ホームなどでの食べ物も、毎回おし着せではなく、たまには好みのものを出してあげてほしい。私が取材したホームでは、毎食3種類のメニューを準備して選べるようになっていました。食欲＝食べることは、最後に残された楽しみなのですから。

年齢にとらわれない生き方の原点

昨年末、原宿のホールで小さな催しがありました。

トルーマン・カポーティの原作で、村上春樹さんの訳、山本容子さんの銅版画の入った、『クリスマスの思い出』の朗読劇でした。カポーティは、『ティファニーで朝食を』などの作品でよく知られた有名な作家です。映画になった華やかな作品などの他に『クリスマスの思い出』などの短篇があります。

佐伯恵美さんの企画で矢代朝子さんの朗読、佐伯さんの作曲とピアノ、村上春樹さんの要望で全篇カットなしの2時間近い物語と音楽でした。

100人近い観客を前にすぐにピアノが奏でられ、ショートカットにして少年の風情になったセーター姿の朝子さんの朗読が始まりました。

矢代さんは、有名な劇作家・矢代静一の長女で、文学座で基礎を学んだ女優です。

佐伯恵美さんは、ＮＨＫ文化センター「下重暁子のエッセイ教室」にひと頃通っていた音楽家です。

オランダでクラヴィコードという古楽器を学んだ佐伯さんが奏でる、桜材で出来た美しい楽器のかそけき音に魅せられた私は、詩の朗読とクラヴィコードで、軽井沢で催しをしたことが何回かあります。

物語は、回想の形で始まります。

20年前の11月も終わりのある朝、主人公は白髪の短い髪の小柄な女性で60歳を越しています。

そして語り手の僕は当時7歳、二人はいとこ同士で無二の親友、彼女スックは彼をバディーと呼びます。二人は一緒に暮らしていました。

11月のある朝、「フルーツケーキの季節が来たよ」と叫び、スックはビロードのバラのコサージュのついたつば広の麦わら帽子をかぶり、バディーと二人で乳母車を押して果樹園に行き、様々なものを仕入れて、ウィスキーもネイティブ・アメリカンのキャバレーで買い、クイニーという犬も一緒にクリスマスツリーを採りに森に出かけます。

スックはバディーとクイニーと共に一番ふさわしいモミの木を見つけて帰り、クリスマスの飾りつけをし、そして最後に二人はそれぞれへのプレゼントを作ります。

バディーに自転車を買ってあげたいと思っても、スックにはお金がないので、結局、毎年手作りの凧《たこ》を交換し合って、それをクリスマスの空に高々と揚げる。それが二人の年中行事なのです。

そんな幸せな日々も長くは続きませんでした。僕すなわちバディーはおじさんによって親友のスックと離されて陸軍幼年学校の寄宿舎へ入れられてしまいました。その後何年かスックは一人でフルーツケーキを作りました。ある11月の朝、木の葉も落ち鳥も消え、もう「フルーツケーキの季節が来たよ！」と叫ぶことが出来なくなったスックの死を知らせる電報が届きます。

「その知らせは僕という人間のかけがえのない一部を切り落とし、それを糸の切れた凧のように空に放ってしまう」

バディーの子供時代はここで終わります。

二人の関係は親子であり、恋人同士のようでもあり、クリスマスを前に秘密の祭典を作り上げる仲間です。でも大人達の分別で、二人は離れ離れに。

人はこうやって大人になっていくのです。

この物語に出てくるスックはなんと可愛く、自分の人生を謳歌しているのでしょうか。バディーという7歳の親友にして恋人のような存在と共にくり広げられる、充実した日々。

年の差なんて関係ない、この上なく最高な二人の関係。そしてそれは想い出となっても、決して消え失せることがありません。

人と人とのつながりには年齢など関係ないのです。それを世間が無理に引き離そうとする。でもその想い出を持っている限り、人は老いるということはないのです。

終わり近くになると、会場からはすすり泣きが聞こえました。黙ってハンカチで目を押さえている女性もいます。私も目頭が熱くなりました。

人は想い出がある限り、いつまでも若いのです。そしてスックもバディーも年齢不詳のまま年が過ぎ、いつまでも老いることがないのです。

演奏と朗読で2時間近い催しの間、観客は微動だにせず、その物語に聞き入っていました。そしてクリスマスイブ前に行われたこの小さな催しを私達へのプレゼントとして受け取り、惜しみない拍手を御礼に返しました。

訳者の村上春樹さんがいうように、無垢な少年バディー、世間から外れた童女のようなスック、犬のクイニーの三者は完璧なイノセンスの姿として描かれています。そんな無邪気な心をいつまでも持ち続けることこそ、年齢にとらわれない生き方の原点であると思ったのでした。

あとがき

年を重ねることは、自由になること。一つずつ束縛が減っていくことだと思っていました。それが楽しみでもありました。

ところが、そうはいかなかったのです。

若い頃、鎧《よろい》を着ていた私は、一枚ずつそれを脱いで、心も体ものびやかになっていくのが嬉しかったのです。

そのまま生きていけると思っていたら、大間違い。様々な制約がのしかかって来たのです。年齢という社会的制約。75歳からは後期高齢者とか、頼んだわけでもないのに保険証には生年月日が印《しる》され、9月15日前後になると区からのお祝いを持って訪ねて来る人がいます。もっと放っておいてくれないものでしょうか。これでもか、これでもかと年寄りの範疇《はんちゅう》に入れ込まれてしまう……。私は今が一番自分らしく過ごしていると思っているので、お祝いなど頂かなくても結構なのです。

年を重ねた人の中には、すべて年齢のせいだと言い訳する人も多いし、病院やクリニックで「加齢によるものです」と、具合の悪さを年齢のせいにされる人も多い……。こんなはずではなかったのです。

年を重ねることは、さらに個性的になることです。まあ頑固になるともいいますが。

全てが減ってくる。お金も、体力も、持ち時間も……。だからこそ、いやなこと、嫌いなこと、しばられること、人と同じことなどをしているひまはないはずです。

もっと自由に自分らしく、羽ばたきましょうよ。誰にも文句をいわせずに。

私は他人から束縛されるのが一番嫌いです。残り少ない私の時間は、私が使い切ってみせる。どうか、その楽しみを奪わないでください。人間を年齢で束ねてはいけません。これ以上の束縛はありません。だから本書で、私は「年齢は捨てましょう」と提案したのです。無意識のうちに私たちをしばっている年齢を捨てて自由になりましょう。どうしても年齢が必要になったら、役所に行って聞けばいい。ちゃんと答えてくれるはずです。

かつては日本でも、わざわざ高齢者などとはいわず、年を重ねた人はごく当たり前の存在でした。江戸時代、横町の御隠居《ごいんきょ》さんの所へは、熊さん八つぁんが物を聞きに来てくれました。家庭内でも、自然と居場所がありました。

わざわざ公の機関や誰かが音頭を取って高齢者と決めつけてくる前に、堂々と答えましょう。

「もう年齢は捨てました」

きっと、すっきりしますよ。

本書は、株式会社幻冬舎のご厚意により、幻冬舎新書『年齢は捨てなさい』を底本といたしました。

著者略歴

下重暁子　しもじゅうあきこ

早稲田大学教育学部国語国文学科卒業後、NHKに入局。女性トップアナウンサーとして活躍後、フリーとなる。民放キャスターを経て、文筆活動に入る。ジャンルはエッセイ、評論、ノンフィクション、小説と多岐にわたる。公益財団法人JKA（旧・日本自転車振興会）会長等を歴任。現在、日本ペンクラブ理事、日本旅行作家協会会長。『家族という病』『家族という病2』『極上の孤独』（すべて幻冬舎新書）など著書多数。

年齢は捨てなさい

（大活字本シリーズ）

2024年5月20日発行（限定部数700部）

底　本　幻冬舎新書『年齢は捨てなさい』

定　価　（本体3,000円＋税）

著　者　下重　暁子

発行者　並木　則康

発行所　社会福祉法人 埼玉福祉会

埼玉県新座市堀ノ内3—7—31　〒352—0023

電話　048—481—2181

振替　00160—3—24404

印刷製本所　社会福祉法人 埼玉福祉会 印刷事業部

ISBN 978-4-86596-649-7